MW00737635

# UNE PARFAITE CHAMBRE DE MALADE

DU MÊME AUTEUR CHEZ ACTES SUD

*La Piscine*, 1995.
*Les Abeilles*, 1995.
*La Grossesse*, 1997.
*La Piscine / Les Abeilles / La Grossesse*, Babel n° 351, 1998.
*Le Réfectoire un soir et une piscine sous la pluie*
suivi de *Un thé qui ne refroidit pas*, 1998.
*L'Annulaire*, 1999 ; Babel n° 442, 2000.
*Hôtel Iris*, 2000 ; Babel n° 531, 2002.
*Parfum de glace*, 2002 ; Babel n° 643, 2004.
*Une parfaite chambre de malade*, 2003.
*Le Musée du silence*, 2003 ; Babel n° 680.
*La Petite Pièce hexagonale*, 2004.
*Tristes revanches*, 2004.
*Amours en marge*, 2005.
*La Formule préférée du professeur*, 2005.

Titres originaux :
*Kanpekina byoshitsu (Une parfaite chambre de malade)*
*Agehacho ga kowareru toki (La Désagrégation du papillon)*
Editeur original :
Fukutake Shoten, Tokyo

ISBN 978-2-7427-5661-2

YOKO OGAWA

# UNE PARFAITE CHAMBRE DE MALADE

suivi de

# LA DÉSAGRÉGATION DU PAPILLON

nouvelles traduites du japonais
par Rose-Marie Makino-Fayolle

# UNE PARFAITE CHAMBRE DE MALADE

Quand je pense à mon jeune frère, mon cœur saigne comme une grenade éclatée. Je me demande pourquoi. Peut-être parce que nous étions deux et que nous n'avons pas reçu beaucoup d'affection de nos parents. Je crois aussi que c'est parce qu'il est mort terriblement jeune. La mort d'un garçon de vingt et un ans est difficile à imaginer. C'est l'âge auquel on a le moins de liens avec la mort.

C'est pourquoi je regrette tellement l'existence de mon frère. Je n'ai jamais ressenti un tel regret pour personne. Ni pour mon père, ma mère, mon mari, ni même pour moi.

Lorsque pour une raison ou pour une autre je me sens triste, je me remémore les heures paisibles passées près de lui. Un vent doux de fin d'automne passe à travers la dentelle du rideau et vient caresser son lit. Assis, le dos soutenu par un oreiller de plumes, il m'offre son profil. Je le regarde, confortablement installée dans le fauteuil à côté du lit. L'après-midi est si tranquille que pour un peu on entendrait tomber les gouttes de la perfusion. Et la chambre est propre et bien rangée. Le sol et l'émail du cabinet de toilette ont été nettoyés, et les draps, amidonnés, sont impeccables. Nous avons toutes sortes de sujets de conversation. Les résultats de la coupe du Japon de base-ball professionnel, la perestroïka en Union soviétique, la manière d'accommoder les avocats. Ou alors la tristesse, la souffrance. La voix de mon frère m'enveloppe d'un voile délicat. Quand nous sommes fatigués de parler, nous prenons le silence à bras-le-corps pour le réchauffer de notre présence. Le contour du profil de mon frère est aussi mystérieusement transparent que la surface d'un mollusque. Rien ne vient troubler mon cœur. C'est un samedi irréprochable.

Mon frère est toujours présent dans la mémoire de ce samedi irréprochable. Aujourd'hui encore, je me rappelle très nettement sa silhouette comme si elle était ciselée sur un morceau de verre.

Je ne suis pas encore habituée à ne le rencontrer que de cette manière dans mon souvenir. Je ne sais que faire de cette boule d'émotion qui m'étouffe à ce moment-là. Elle grossit à vue d'œil quelque part derrière mes côtes, comme si le sang stagnant à cet endroit faisait des nœuds en coagulant.

Quand cela m'arrive, je calme ma respiration pour ne pas exploser bruyamment. Après, je pleure. Je m'imprègne du souvenir de sa paisible chambre de malade en souhaitant être capable un jour de l'oublier plus facilement.

Je passe des heures et des heures à penser à mon frère. Cela ne m'était jamais arrivé jusqu'à présent de penser aussi longuement à lui. Avant de tomber malade, il existait à la manière d'un théorème à l'intérieur d'un cadre bien défini intitulé frère cadet, et je n'avais aucun besoin d'y réfléchir. Surtout après son départ pour l'université d'une petite ville sur la mer Intérieure. Mais je crois que cette relation a commencé à évoluer à partir du jour où il m'a appelée à son secours par téléphone.

— Le médecin du quartier a dit qu'il valait mieux que je me fasse soigner à l'hôpital. Tu crois que tu pourrais m'arranger un rendez-vous au centre universitaire où tu travailles ?

Il parlait d'une manière incroyablement réservée. C'est cette retenue, plus encore que l'inquiétude pour sa maladie, qui m'a été difficile à supporter. En plus, il ne se préoccupait que de choses totalement insignifiantes. Des œufs ou du ketchup restés dans le réfrigérateur, de la carte du club de natation qu'il venait juste d'acquérir, du classement des documents demandé par son directeur de séminaire. Des problèmes de tous les jours, qui pouvaient toujours être remis à plus tard. Pensait-il pouvoir se débarrasser de ces fardeaux si lourds et si soudains que sont la maladie, l'interruption des études, le retour au pays, aussi facilement que s'il jetait les restes du réfrigérateur dans un sac-poubelle ?

De toute façon, il n'est plus là. J'ai pu le vérifier à plusieurs reprises. A l'arrivée de ses frais de scolarité impayés, en rangeant dans le fond du placard son pyjama lavé et repassé, à la vue d'une autre étiquette glissée sur la porte de sa chambre. Chaque fois j'ai murmuré : "Je sais. Je sais. J'ai compris, maintenant, il faut me laisser tranquille."

Dans le lit de sa chambre d'hôpital, il était toujours aussi gentil et doux. Sa nuque était parfaitement veloutée, l'air qu'il expirait parfaitement limpide. C'est pour cela que je suis triste. La tristesse arrive par à-coups, comme si j'avais une crise.

C'est par une magnifique journée d'automne que mon frère est revenu à Tokyo. La ville donnait l'impression d'être tout entière enveloppée d'une mince couche de verre transparent.

Je l'ai attendu assise sur l'une des banquettes de la salle d'attente dans le hall d'entrée, où il n'y avait pratiquement plus personne car les consultations de la matinée étaient terminées. Toutes sortes de gens passaient près de moi. J'ai vaguement vu les pieds d'une infirmière poussant un chariot avec des draps vers la blanchisserie, la poitrine d'une employée de l'administration bavardant debout avec un réceptacle entre les mains, les doigts d'une jeune femme de la réception feuilletant l'annuaire interne de l'hôpital. Toutes ces scènes m'étaient familières. Un assistant chercheur du laboratoire de pathologie s'est aperçu de ma présence et m'a demandé ce que je faisais là, mais comme je n'avais pas envie de me lancer dans de longues explications je me suis contentée de lui répondre d'un vague sourire.

L'ouverture automatique de la porte principale laissait entrer un peu de l'air frais automnal. Chaque fois je relevais la tête pour chercher mon frère. Il tardait à faire son apparition. Je ne cessais de refaire mentalement le trajet du quai du Shinkansen* jusqu'à l'hôpital universitaire, les yeux rivés sur les aiguilles de ma montre. J'avais l'impression qu'il était déjà l'heure à laquelle il pouvait arriver d'un instant à l'autre.

J'avais déjà remis à mon patron, professeur de chirurgie digestive, les résultats des examens pratiqués à l'hôpital de la petite ville de la mer Intérieure, qui avaient été transmis au professeur d'hématologie, puis à S, le médecin qui allait le prendre en

* TGV japonais.

charge. Pendant ce temps-là, on lui avait pris des rendez-vous pour des examens complémentaires et préparé une chambre particulière au quinzième étage de l'aile ouest. Je n'avais pas pu faire autrement que regarder se dérouler, sans pouvoir m'en mêler, toutes ces formalités administratives. Les préparatifs pour accueillir la maladie de mon frère s'organisaient presque trop parfaitement.

L'appel des patients s'effectuait sans interruption à partir des micros de la comptabilité et de la pharmacie. On énonçait tout d'abord le patronyme sur un ton ascendant avant de répéter le nom en entier. Celui de la personne ne s'étant pas présentée au bout de quelques dizaines de secondes était répété avec la même intonation. Le rythme en était inchangé, comme celui des vagues. Certains noms étaient jolis, d'autres doux, d'autres encore durs ou modestes. Il y en avait de toutes sortes. J'ai essayé de chercher à quelle maladie ils me faisaient penser. Pour chaque nom j'avais une maladie qui allait parfaitement. Et j'ai pensé que chacun d'eux correspondait à un malade.

La dernière fois que j'avais vu mon frère, c'était l'été précédent, au moment du premier anniversaire de la mort de notre mère. Un tout petit anniversaire. Dans un minuscule temple au cœur de la forêt de Musashino, au milieu du tourbillon ininterrompu du chant des cigales. Tous les trois, mon frère, mon mari et moi, nous nous étions retrouvés assis en tailleur, isolés dans l'œil de ce tourbillon, à écouter les soutras de longues heures durant. Ensuite, nous avions mangé en silence la cuisine végétarienne du temple, nos tympans trépidant de la stridulation des cigales. Et mon frère était reparti directement à son université. C'est pour cela que j'avais l'impression de ne pas avoir vraiment parlé avec lui depuis si longtemps. Je crois plutôt que j'étais incapable de me remémorer une seule scène où nous étions tous les deux en train de bavarder tranquillement et ceci depuis l'âge adulte.

Derrière la réception en forme de U où se trouvaient le guichet pour les nouveaux malades, celui des habitués, la comptabilité et la pharmacie, s'agitaient les silhouettes des employés en blouse blanche. A gauche de la réception on distinguait très nettement, à travers la grande baie vitrée qui allait du sol jusqu'au plafond, un jardin soigneusement entretenu. L'homme qui s'en occupait était en train de lancer des petits morceaux de pain aux canards sur la pièce d'eau. Je me suis redressée lentement en enfonçant les mains dans les poches de ma blouse. Une gomme, des trombones et une feuille de cours chiffonnée y chuchotèrent. J'ai marché entre les banquettes jusqu'au bout de la salle d'attente et me suis appuyée de l'épaule droite contre la baie vitrée. La clarté du jardin qui baignait une moitié de mon visage était tiède et je me sentais bien comme si je somnolais. Les canards picoraient les débris de pain qui flottaient. L'homme n'en avait plus qu'un petit morceau. Il l'a jeté dans sa bouche, l'a mâché avec énergie. A ce moment-là, des doigts ont effleuré mon épaule.

— Je suis content de te voir.

Lorsque je me suis retournée, il était là, comme s'il avait toujours fait partie du lieu. Sa voix se détachait sur le brouhaha alentour. Elle avait des accents si doux qu'un instant j'ai cru qu'un inconnu venait de m'adresser la parole.

— Euh, moi aussi. Tu vas bien on dirait.

Après avoir répondu, j'ai eu l'impression d'avoir dit quelque chose de complètement idiot. J'ai détaillé lentement à partir du haut les différentes parties de son corps, cheveux, joues, lobes des oreilles, ongles, chevilles. Puis j'ai essayé de me rappeler ce que je ressentais lorsque nous étions tous les deux.

— Je suis désolé de te causer des ennuis, m'a-t-il dit en posant son petit sac de voyage à ses pieds.

Je me suis demandé s'il m'avait déjà manifesté autant de reconnaissance.

— Tu n'as pas à t'inquiéter. J'ai fait intervenir mon patron auprès du professeur d'hématologie. On a aussi choisi le médecin qui s'occupera de toi. Je ne lui ai pas encore parlé personnellement, mais il a très bonne réputation, on peut lui faire confiance.

— Dans quel service es-tu ?

— Celui de chirurgie digestive. Comme j'y fais des heures de secrétariat, j'ai du temps et je pense que je pourrais m'occuper assez facilement de toi.

Je voulais lui faire comprendre qu'il n'avait aucune raison de m'être reconnaissant.

Le jardinier qui avait fini de mâcher son morceau de pain avait entrepris d'arroser au jet les massifs et les plantes en pots qui bordaient la pièce d'eau. Nous entendions l'eau gicler faiblement à travers la vitre.

— Ça me fait tout drôle, vraiment, a dit mon frère dans un léger soupir en baissant les yeux. Est-ce que tout le monde ressent cela avant d'être hospitalisé ?

— Tu as peur ? lui ai-je demandé en cherchant son regard.

— Non, ce n'est pas ça. Mais j'ai l'impression que c'est le commencement de quelque chose de très particulier. J'ai des palpitations, tu vois, je me sens un peu oppressé.

J'ai hoché la tête.

— En plus, ce n'est pas moi qui ai voulu venir ici. C'est mon corps qui s'est détraqué. C'est pour cela que je suis tout désorienté.

Il a tourné son visage vers le jardin en passant ses doigts longs et souples dans ses cheveux. Les massifs arrosés étincelaient jusqu'au moindre grain de pollen. Il clignait des yeux très lentement. Chacun de ses cils captait l'éclat du pollen. Il m'apparaissait aussi frais qu'un fruit tout juste cueilli, encore recouvert de rosée.

J'ai cherché des paroles d'encouragement. Mais les mots me pesaient, si bien que j'ai gardé le silence.

Mon frère semblait analyser ses sentiments, les approfondir, les peser, pour essayer de leur trouver une cohérence.

Une plage de calme s'est étendue entre nous.

— Mais je crois que je finirai bien par y arriver, a-t-il dit soudain d'une petite voix. Quand papa et maman ont divorcé, puis quand maman est morte, j'ai été troublé, mais j'y suis arrivé quand même. Et tu n'étais pas loin, a-t-il ajouté en s'adressant à mon reflet sur la vitre.

— Mais oui, ça va bien se passer, tu vas voir. Le plus important, c'est d'abord de s'habituer. C'est seulement que tu ne l'es pas encore. Aux choses comme la maladie, ou l'hôpital. Il va falloir t'habituer progressivement à toutes sortes de choses.

— Oui.

Il a hoché la tête comme un enfant.

A ce moment-là, pour la première fois, j'ai senti s'élever en moi un sentiment de pitié. Dans un premier temps, j'ai eu envie de le toucher quelque part sur son corps.

J'ai fait un pas vers lui, j'ai posé la main sur son dos bien droit. Et j'ai essayé d'imaginer la peau, les vaisseaux et les muscles de ce dos, ils devaient être frais et vivants.

Avant d'arriver à sa chambre, il nous a fallu signer une décharge par laquelle nous nous engagions à ne pas poursuivre l'hôpital ni les médecins en cas de problème et un formulaire spécifiant qu'en cas de vol à l'intérieur de la chambre nous en assumerions la responsabilité, puis écouter les explications d'une infirmière concernant le règlement détaillé de la vie à l'hôpital. Pendant tout ce temps, nous sommes restés silencieux.

On nous a enfin conduits à sa chambre, mais il a fallu qu'il redescende aussitôt subir un examen. J'ai décidé de l'attendre. Toutes les chambres de l'aile ouest du quinzième étage sont individuelles et, avec l'arrivée de mon frère, toutes étaient désormais occupées.

Au centre se trouvait le lit, garni de draps fraîchement repassés. Il était trapu, comme un gros animal blanc blotti là. Sa blancheur ressortait très nettement dans cette pièce aux murs recouverts de papier crème. Toutes sortes de choses étaient placées autour de ce lit d'un blanc éclatant. A la différence d'une chambre ordinaire ou d'une chambre d'hôtel, toutes ces choses me paraissaient avoir une signification beaucoup plus profonde. J'avais l'impression que cette chambre de malade se déployait autour de son lit.

Il y avait à gauche de l'entrée un cabinet de toilette et à droite un réchaud à gaz et un évier. Près de la fenêtre, un petit sofa recouvert de toile, une table ronde en bois près du lit, et dans un coin de la pièce, un réfrigérateur aux allures de coffre-fort. Tous ces éléments étaient sobres et nets, mais sans froideur. Sans doute était-ce parce qu'ils n'étaient pas neufs, qu'ils étaient utilisés à bon escient et gardaient les traces d'un entretien régulier.

Je me suis assise au bord du lit, ai posé le sac de mon frère sur l'oreiller. Sur le couvre-lit bien tendu, des plis se sont formés comme des rides provoquées par le vent.

J'ai pensé que la journée serait longue. Mon frère allait devoir ranger ses objets de toilette sur l'étagère de la salle de bains, se mettre en pyjama, étendre sa couverture. Et moi, je rentrerais sans doute à la maison, je raconterais à mon mari ce qui s'était passé dans la journée et lui demanderais de me soutenir dans les jours à venir. Tout cela me semblait terriblement ennuyeux.

Le soleil commençait lentement à décliner. Sous la fenêtre s'étendait une colline en pente douce où se chevauchaient les barres d'immeubles d'un grand ensemble municipal. Plus loin, on apercevait le bâtiment principal de l'université entouré d'une allée de ginkgos. C'était calme.

Mon frère serait long à revenir. J'ai enlevé mes chaussures, me suis allongée sur le lit. Et, le visage contre les draps, je me suis étirée autant que j'ai pu. Les ressorts ont grincé à l'intérieur du matelas.

La netteté de cette chambre de malade me rassurait. Le canapé et la fenêtre, le réfrigérateur et les murs, la table et le lit. Tout était soit à angle droit, soit à cent quatre-vingts degrés. Rien sur le réchaud, ni déchets de viande brûlée, ni épluchures de légumes, ni grains de poivre, rien qui pût faire penser à de la cuisine. Il restait seulement les traces brillantes du passage de l'éponge. Jusqu'alors, je n'avais jamais eu la possibilité d'apprécier une propreté aussi paisible.

J'ai croisé mes mains sous ma tête avant de fermer doucement les yeux. Mon corps était léger, comme si le lit me serrait gentiment dans ses bras. J'avais l'impression de pouvoir réfléchir à toutes sortes de choses. Un bruit de tubes de verre s'entrechoquant et le glissement de sandales d'une infirmière sont passés derrière la porte.

Je me souvenais des lèvres de ma mère. La raison pour laquelle, quand je pensais à elle, c'était toujours ses lèvres qui me revenaient en premier, tenait à sa maladie. La situation était très embarrassante, et beaucoup de gens autour d'elle en ont été blessés. Elle avait une maladie mentale.

Tout d'abord, elle avait perdu toute son énergie. Elle ne pouvait plus trier ni ranger correctement les factures, les lettres ou les friandises qu'on lui offrait. A l'image de ce qu'elle ressentait, la maison tout entière s'est retrouvée plongée dans la plus grande confusion. Un concombre pourrissant était abandonné sur le meuble à chaussures, ses cheveux flottaient à la surface de l'aquarium aux poissons tropicaux. Au bout de quelques mois, elle était devenue terriblement nerveuse, se raccrochant à n'importe qui, la famille, des amis ou des inconnus, pour parler toute la journée. Elle parlait d'une manière tellement saccadée qu'elle donnait l'impression d'être harcelée par l'angoisse de ne plus pouvoir respirer si jamais elle s'arrêtait, ce qui épuisait toute personne lui servant d'interlocuteur. Et toujours, dans la maison, on trouvait des bas en boule sur la table de la salle à manger ou une orange moisie tombée dans le lave-linge.

Je ne voyais que ses lèvres lorsqu'elle parlait sans discontinuer. Ses lèvres au rouge écaillé, d'une pâle couleur chair, grasses, mouillées de salive. C'est pour cela qu'aujourd'hui encore je suis capable de m'en rappeler très nettement le contour et les crevasses. Elles étaient comme deux larves remuant au milieu d'un cloaque immonde.

C'était son mari qui la craignait le plus. C'est pour cette raison qu'il a divorcé. C'est très difficile d'aimer quelqu'un dont l'esprit est dérangé. Mon frère et moi, nous l'avons sincèrement plaint. Ensuite, il n'est plus resté entre lui et nous que le seul lien financier.

Finalement, elle est morte brutalement, d'une manière qui lui ressemblait. Elle a été victime de l'attaque d'une banque où elle était entrée par hasard, et a reçu un coup de fusil. Elle était alors assez surexcitée. Il semble qu'elle se soit approchée sans aucune hésitation du malfaiteur qui brandissait son fusil, debout sur le comptoir. Et elle a commencé d'une seule traite à parler de la stupidité d'une attaque à main armée, de l'égoïsme des malfaiteurs et de la douleur des familles. Un employé de la banque a témoigné que le contenu de son discours était tout à fait raisonnable. Il paraît qu'à l'intérieur de la succursale troublée par des gémissements, des bruits divers et une certaine agitation, sa voix seule avait résonné comme une sirène d'alarme. Elle avait sans doute eu l'intrépidité de vouloir persuader le malfaiteur, en tentant de l'hypnotiser, les yeux fixés sur lui, tortillant sans arrêt les muscles de ses lèvres. Personne n'avait pu s'opposer aux conséquences de son sentiment maladif d'injustice.

J'évoquais distraitement tous ces souvenirs. J'ai réalisé ensuite que c'était à cause de cette vie avec ma mère, malpropre et désordonnée, que j'appréciais à ce point la propreté impeccable de cette chambre de malade.

Je perdais lentement, l'un après l'autre, les membres de ma famille. Etait-ce mon frère que j'allais perdre cette fois-ci ? Soudain, je me suis sentie débordée par l'angoisse. Une angoisse telle que j'avais l'impression qu'on venait de m'enfoncer la tête dans un sac noir. J'ai éprouvé un léger vertige. La chambre était toujours aussi tranquille. J'ai inspiré plusieurs fois profondément afin de goûter pleinement cette pureté.

Plusieurs jours se sont écoulés en un clin d'œil. Mon frère s'était bien acclimaté à sa chambre. De mon côté, je m'étais tout de suite habituée à ma double vie, chez moi et dans la chambre. Dans le bureau du professeur du service de chirurgie digestive, comme d'habitude, je recopiais au propre le texte illustrant des diapositives destinées à un colloque, tapais à la machine le résumé d'une thèse, recevais les visiteurs médicaux.

Le professeur se souciait de l'état de santé de mon frère. Il m'a raconté que pendant la guerre sa petite sœur était morte de malnutrition. Il m'a dit que le moment le plus éprouvant de sa vie avait été celui où il avait bu en cachette le lait destiné à sa petite sœur. Il semblait, aujourd'hui encore, ne pas avoir oublié l'accélération des battements de son cœur en découvrant le lait, son hésitation avant de tremper son doigt pour y goûter, et la sensation du liquide coulant dans sa gorge après qu'il n'eut pu s'empêcher de le boire. Je n'ai pas su quoi lui répondre, car il me parlait rarement de sa vie privée.

— Quand quelqu'un meurt, ceux qui restent doivent vivre avec le poids de toutes sortes de regrets le concernant, a-t-il conclu d'un ton docte avant de partir, avec ses craies et ses cartes de présence, faire son cours à ses étudiants.

Un moment plus tard, j'étais en train de changer le ruban de la machine à écrire lorsque le téléphone a sonné. J'ai décroché après avoir vérifié d'un coup d'œil à ma montre le temps qu'il restait avant la fin du cours. Mais c'était S, et le coup de téléphone était pour moi.

Il m'a dit dans l'ordre qu'il devait m'expliquer l'état de la maladie de mon frère, qu'il disposait maintenant d'un peu de temps et se demandait s'il n'y avait pas un endroit où nous pourrions parler tranquillement. En butant deux fois sur les mots. Je lui ai proposé la salle de conférences n° 2 deux qui devait être libre à ce moment-là, et il m'a répondu : “Euh, oui”, en bégayant encore une fois. S est entré en poussant la porte avec sa hanche, une tasse en carton du distributeur automatique dans chaque main. Je me suis aussitôt approchée de l'entrée, et je l'ai salué en retenant la porte.

C'était la première fois que je le voyais d'aussi près. Il était grand, et même sous sa blouse blanche on pouvait deviner l'épaisseur de sa poitrine. Il avait un corps merveilleusement équilibré qui faisait penser à celui d'un champion de natation. J'ai pensé que, mouillé, son corps devait être magnifique. Quand je vois un homme, je l'imagine toujours les muscles mouillés. Je me figurais les innombrables gouttes d'eau transparentes tombant le long de ses épaules hâlées et fermes, de ses pectoraux et de ses cuisses. C'est sans doute parce que mon premier amour faisait partie d'un club de natation. En général, j'éprouvais une certaine sympathie pour les hommes de ce type, au physique capable d'évoquer avec aisance cette image de gouttes d'eau. En ce sens, celui de S était irréprochable.

Nous nous sommes assis l'un en face de l'autre sur les sièges de cette salle de conférences, pourvus d'une tablette permettant de prendre des notes.

— J'ai pensé que ce serait mieux en buvant un thé.

Il m'a tendu l'une des tasses en carton. Ses doigts étaient longs et se découpaient nettement, comme dessinés au crayon.

L'impression floue que j'avais gardée de lui en le croisant seulement dans les couloirs commença à se préciser à partir de ce genre de petits détails.

— Vous... Vous ne ressemblez pas beaucoup à votre frère, a-t-il commencé après avoir bu une gorgée de thé, en me regardant tranquillement, les deux bras posés sur la tablette. Son propos était tellement direct que cela m'a un peu tendue.

— C'est vrai. Nos caractères aussi sont différents. Comme les livres que nous lisons ou nos idées politiques.

J'ai baissé les yeux vers ma tasse. Le liquide verdâtre, perdant peu à peu sa chaleur, commençait à se déposer. Je l'ai fait couler dans le fond de ma gorge. Il avait un goût épouvantable. Il en émanait même une imperceptible odeur d'oignon.

— C'est un jeune homme poli, calme et qui garde son sang-froid. Je suis certain que son traitement se déroulera bien.

Il a croisé les jambes, et j'ai aperçu entre les pans de sa blouse le contour de ses cuisses moulées dans son pantalon blanc. Je me suis représenté les muscles bandés recouverts d'une pellicule d'eau étincelante.

— Mais il est dans une situation assez di... difficile.

Il avait terriblement bégayé sur difficile, comme si ce mot avait une signification particulière.

— Difficile ?... ai-je murmuré tout en suivant des yeux le contour de ses cuisses.

J'avais l'impression d'avoir été projetée dans une scène particulière. J'étais dans le même état d'esprit que lorsque dans les vestiaires du club de natation le garçon que j'aimais s'était serré en maillot de bain mouillé contre mon uniforme, ou quand j'avais vu les lèvres affaissées et décolorées de ma mère à la chapelle ardente de la police. Bien des années plus tard, je m'en souvenais encore comme de moments particuliers, comme de scènes pénibles et douloureuses. Les fenêtres de la salle de conférences donnaient, à quelques dizaines de centimètres, sur le mur de l'école voisine, aussi ne pouvais-je laisser échapper mon regard vers l'extérieur. Je me suis donc laissé entièrement submerger par cette scène particulière.

— Combien de temps lui reste-t-il à vivre ?

Pour moi, c'était la question la plus importante et rien d'autre ne me venait à l'esprit.

— Disons entre treize et seize mois.

— Treize...

Il m'a fallu un peu de temps pour digérer ce chiffre. Parce que, jusqu'alors, je n'avais jamais vraiment réfléchi à ce que cela signifiait. Que pouvait-on faire en treize mois ? Cela permettait à un bébé d'apprendre à se tenir debout et marcher. A un redoublant de devenir étudiant, à des amoureux de se marier. J'ai essayé de mesurer ce chiffre à toutes sortes d'échelles Mais quand j'ai voulu imaginer ce que pouvaient représenter treize mois pour mon frère, je n'ai pas réussi car je me suis sentie aussi mal que si mon cœur était devenu un fruit trop mûr à la chair éclatée.

Autour de nous, une dizaine de chaises à tablette étaient regroupées en désordre, face à une vitrine. Au pied de celle-ci était tombée une feuille de cahier d'exercices. Une silhouette humaine y était imprimée à l'encre bleue avec des annotations en écriture alphabétique. J'attendais que S dise quelque chose.

Il s'est levé en s'appuyant des deux mains sur la tablette, a approché le tableau mobile qui se trouvait près du mur.

— Pensons d'abord à la vie. Pour lui comme pour vous, moi et toute l'équipe, nous allons faire de notre mieux.

L'expression qu'il venait d'employer était si belle que j'étais incapable de le regarder en face. Lui me regardait depuis le début.

Il a commencé à m'expliquer la maladie de mon frère en utilisant trois craies de couleurs différentes. Il a raconté en détail comment les cellules souches fabriquées par la moelle osseuse proliféraient de manière désordonnée, les dégâts entraînés par la diffusion de ces cellules malignes dans le corps, et le rythme d'évolution de la maladie suivant l'utilisation des médicaments. J'avais l'impression que ce qu'il me disait arrivait par vagues successives jusqu'à moi. Tous les mots spécialisés étaient additionnés d'une brève explication à mon intention. Pendant ce temps-là, il a cassé deux craies et a bégayé plusieurs fois.

Chaque fois qu'il retenait les mots à l'intérieur de sa bouche en avalant son souffle, j'avais envie de caresser ses joues avec mes mains pour essayer de décontracter sa langue. Comme je me sentais toujours aussi mal et oppressée, j'étais dans l'incapacité de comprendre ses explications. Les mots étaient comme empêtrés dans le fil de son discours. C'est pourquoi je me laissais bercer par le rythme de ses paroles qui de temps à autre s'emballait dangereusement.

— Aucune question, même la plus insignifiante ne me dérange. Avez-vous quelque chose qui vous angoisse ou que vous voudriez me demander ? a-t-il dit en secouant la poussière de craie sur ses mains. Puis il s'est appuyé légèrement sur le tableau en attendant ma réponse.

— Je vous remercie beaucoup, ai-je commencé sans réfléchir, mais ne vous inquiétez pas pour moi. Je m'exprime peut-être bizarrement, mais je pense que je peux comprendre cette situation, d'ailleurs, ma mère est morte sans atteindre la moitié de l'âge moyen d'espérance de vie. En plus, d'une mort très bizarre, elle a été tuée d'un coup de fusil. Et puis vous savez, dans le service de chirurgie digestive, je tape des tas d'exemples de maladies en tout genre. J'en ai tapé un nombre incalculable, avec explications sur les antécédents, tableaux récapitulatifs, graphiques et, à la fin, une croix pour les symptômes. Je tapais sur la touche de la croix en me disant que cette personne était morte elle aussi. Alors ça va. Je sais bien que la mort est partout dans ce monde.

Là, j'ai repris mon souffle, en ayant conscience d'avoir un peu trop parlé.

S a hoché la tête plusieurs fois. Les tubes de son stéthoscope qui dépassaient de la poche de sa blouse blanche ont tremblé chaque fois.

— Je n'ai pas envie de me demander pourquoi il faut que ça tombe sur mon frère. Sinon, ce serait trop insupportable.

— En tout cas, essayez de tenir le coup. Vous devez pouvoir, vous et votre frère, être le plus calme possible.

— Oui, ai-je répondu en caressant le fond de ma tasse en papier qui avait complètement refroidi. Le carillon annonçant la fin d'un cours a sonné au fond de l'aile universitaire.

— Vous avez des frères et sœurs ? lui ai-je demandé soudain.

— Non, pas de véritables, avec lien du sang. Mais, dans un autre sens, j'en ai beaucoup.

Il s'est écarté du tableau, est venu se rasseoir sur la chaise en face de moi.

— Chez moi, c'est un or... orphelinat.

— Un orphelinat ?

Le mot avait pour moi toute la fraîcheur d'un mot inconnu.

— Oui, mais cela ne signifie pas que je suis orphelin, mes parents dirigeaient un orphelinat.

— Dirigeaient un orphelinat ?

J'avais du mal à m'habituer à la sonorité du mot.

— Oui. C'est pour cela que je n'ai aucun frère ou sœur de sang, mais que j'en ai tout un tas en dehors. Il y en a qui ne sont restés chez nous qu'une journée car ils ont tout de suite trouvé une nouvelle famille, d'autres qui venaient tout juste d'arriver, dont le visage ne m'était pas du tout familier, et qui du jour au lendemain faisaient partie de la famille.

— Je vois.

J'essayais d'imaginer comme je le pouvais le mécanisme de cet orphelinat où le nombre de frères et sœurs pouvait augmenter ou diminuer d'un seul coup.

— Alors vous pouvez peut-être me dire ce que ça fait de perdre un frère ? Qu'est-ce qu'on devient après ?

— Quand ils trouvaient une nouvelle famille, ils quittaient tout simplement notre maison, enfin l'orphelinat. Discrètement, au moment où les autres enfants se lavaient les dents ou faisaient la sieste.

— Ils ne disaient pas au revoir ?

— Non. Ni à mon père, ni à ma mère, ni aux autres enfants. Parce que plus vite ils oublieraient l'orphelinat plus vite ils seraient heureux. Mon père faisait une dernière prière et un dernier sermon, et c'était fini.

S poursuivait ses explications sur un ton aussi neutre que s'il lisait le mode d'emploi d'un appareil ménager.

— Pour moi, perdre un frère, c'est cela finalement. La séparation est telle qu'il faut se réjouir de lui avoir trouvé une nouvelle famille, et se faire oublier le plus vite possible.

— Quelle sorte de séparation dois-je vivre avec mon frère ? Que dois-je faire pour lui ? Je suis presque aussi inquiète, peut-être même plus, pour moi que pour sa maladie. Je me demande si je ne vais pas avoir des regrets quand je me souviendrai de lui beaucoup plus tard, et que j'aurai un tel poids sur la poitrine que rien, sauf peut-être des hurlements, ne pourra me soulager. C'est pénible et je finis par me détester de ne penser qu'à moi, alors que c'est mon frère qui est malade.

Plus j'essayais d'expliquer mes états d'âme, plus je sentais l'angoisse proliférer en moi.

— Je crois que ce n'est pas bien de penser d'une manière aussi abs... abstraite. La conclusion d'une réflexion abstraite ne peut être qu'abstraite, donc inefficace. D'autant plus que la situation dans laquelle se trouve votre frère est bien concrète, elle.

S a fait grincer sa chaise en s'approchant pour se rasseoir bien en face de moi. Il se trouvait si près que je percevais sa respiration et sa chaleur.

— C'est pour ça qu'il faut réfléchir beaucoup plus concrètement. Par... Par exemple, si votre frère vous dit qu'il a mal au dos, vous pouvez lui frotter le dos, n'est-ce pas ?

— Oui, toute la soirée s'il le faut.

— Et puis, vous pouvez lui rappeler qu'il est l'heure de prendre ses médicaments, évoquer de vieux souvenirs, ou encore parler de l'infirmière, n'est-ce pas ? Je suis sûr qu'il y a des tas de choses concrètes que vous pouvez faire.

Je le regardais à hauteur de la poitrine.

— Dans la mesure où vous êtes sa sœur aînée, c'est très im... important pour lui.

Quand il a prononcé le mot important, j'ai failli tendre la main pour lui toucher la joue. Elle paraissait humide et tiède.

— Vous êtes très doué pour rassurer les gens. Je suis heureuse que vous puissiez me soutenir ainsi alors que c'est la première fois que je vous vois.

— On a beau dire, chez moi c'est un orphelinat vous savez. Un orphelin a toujours envie d'être rassuré. C'est pour ça que je suis beaucoup plus doué pour soutenir les gens que pour les guérir.

Il a esquissé un sourire. Je l'ai regardé avec l'œil mal assuré et fragile d'un orphelin.

A partir du moment où mon frère a été hospitalisé, j'ai passé presque tout mon temps dans sa chambre. Le soir à cinq heures, je me dépêchais de quitter le bureau du professeur pour monter par l'ascenseur au quinzième étage de l'aile ouest. Et les week-ends, je passais tranquillement mon temps avec lui depuis le matin jusqu'à l'heure où l'on éteignait les lumières.

J'aimais beaucoup cette chambre de malade. Dedans, je me sentais aussi rassurée qu'un bébé plongé dans son premier bain. L'intérieur de mon corps y devenait pur et transparent jusque dans sa moindre anfractuosité.

Si j'aimais tellement cette chambre de malade, c'est parce que la vie n'y avait pas sa place. Il n'y avait pas de restes de repas, pas de traces de gras, pas de rideaux gorgés de poussière. Et bien entendu pas de concombre pourri, ni d'orange moisie.

Une fois par jour à la même heure, deux femmes de ménage arrivaient, qui nettoyaient impeccablement la chambre de fond en comble. Elles entraient en poussant devant elles un chariot bringuebalant sur lequel étaient rangés en bon ordre balais à franges, éponges et poudres à récurer. Puis, après avoir dit deux ou trois mots à mon frère et à moi, elles se mettaient au travail en silence, chacune de son côté. L'ordre à suivre était parfaitement établi, elles n'avaient aucun geste inutile. Pendant que l'une nettoyait l'émail du cabinet de toilette, l'autre changeait les draps et les taies d'oreiller, avant de passer le chiffon sur les vitres, le réfrigérateur, les montants du lit, les poignées de porte, bref, tous les endroits qui devaient être nettoyés. Leur travail se terminait pratiquement en même temps, ce qui m'émerveillait chaque fois. Ensuite, celle qui avait nettoyé la salle de bains passait l'aspirateur, un modèle professionnel qui ressemblait à un monstre de fer, en suivant consciencieusement le tracé des carreaux sur le sol, suivie de l'autre qui étendait une mince couche de cire brillante avec le balai à franges.

Pendant ce temps-là, mon frère et moi étions assis, désœuvrés, sur le sofa. Nous humions innocemment l'odeur de vie d'une journée entière en train de disparaître sous l'effet conjugué de l'éponge, du chiffon et de l'aspirateur. Les regarder s'activer avec énergie et en bon ordre nous apaisait. Après leur départ, la chambre pétillait comme un excellent champagne.

Les jours pouvaient bien se succéder, cette chambre ne changerait pas. Les draps, le réchaud et l'émail du cabinet de toilette resteraient toujours aussi pimpants. Il n'y aurait ni dénaturation, ni dégénérescence, ni putréfaction. Cela me rassurait.

Mais, à côté de l'attachement que j'éprouvais pour cette chambre, la maladie était en train d'envahir lourdement l'intérieur du corps de mon frère. Pour lui, manger était devenu un problème important. La liste des aliments qu'il pouvait encore assimiler se réduisait vite.

Je choisissais des petites pommes acides, que, après les avoir coupées en huit sur le plan de travail en inoxydable, je façonnais en fines lamelles en forme de feuilles de ginkgo. Elles étaient fragiles et menaçaient de se briser lorsque je les prenais délicatement entre le pouce et l'index pour les tartiner de fromage à la crème. Je priais pour que la blanche finesse du fromage à la crème mêlée à la fraîcheur de la pomme se mélange harmonieusement en lui Il le portait précautionneusement à sa bouche comme s'il manipulait un objet de prix.

— Excuse-moi, lâchait-il un quart d'heure plus tard en descendant du lit, avant de claquer la porte du cabinet de toilette derrière lui. Où il vomissait avec grâce, paisiblement. J'entendais simplement l'eau couler derrière la porte.

— Ça n'a pas pu passer, murmurait-il ensuite en regagnant son lit.

A ce moment-là, je me sentais oppressée par toutes sortes de sentiments qui me submergeaient d'un coup. Pitié, désespoir, tristesse, tous ces sentiments insupportables se mélangeaient jusqu'à tout brouiller.

Sur le plan de travail, le reste de la pomme commençait déjà à s'oxyder. La part entamée de fromage à la crème attendait. Je fourrais le tout, la pomme, les épluchures, le fromage à la crème et son emballage dans un sac en plastique noir que je fermais hermétiquement. Après avoir vérifié que les aliments qui n'étaient pas passés avaient tous disparu de la surface inoxydable, j'emportais le sac en plastique dans le local à poubelles, tout au bout du couloir.

Je ne pouvais pas supporter qu'il reste le moindre "corps organique" dans la chambre. Je détestais qu'ils se dénaturent, comme l'orange moisie dans le lave-linge ou le concombre à moitié pourri sur le meuble à chaussures, du temps où je vivais avec ma mère. Je mettais tout le plus vite possible dans un sac en plastique noir que j'emportais aussitôt dans le local à poubelles.

La porte du local était épaisse et lourde. Ses gonds manquaient de graisse et elle couinait comme un chat. L'intérieur était saturé d'une odeur bizarre. Chaque fois que j'y pénétrais, j'essayais de l'identifier, mais je n'y arrivais jamais. Deux énormes poubelles en plastique où trois personnes auraient pu tenir allongées, posées l'une à côté de l'autre, permettaient de trier les ordures qui brûlent et celles qui ne brûlent pas. La poubelle destinée aux ordures qui ne brûlent pas contenait le plus souvent des flacons de médicament vides et des ampoules aux extrémités brisées.

Je tenais fermement la poignée du sac en plastique que je lançais en direction de la poubelle destinée aux ordures qui brûlent. Sa chute produisait un son bref, et je quittais la pièce non sans avoir vérifié qu'il s'était bien mêlé aux autres détritus. En refermant hermétiquement la lourde porte dans un couinement de chat, je ressentais le même soulagement que si j'avais résolu un grave problème.

Qu'il s'agît de châtaigne bouillie tartinée de miel, de pamplemousse roulé dans une feuille de salade, ou de crevette assaisonnée au jus de kiwi, rien n'allait. Mon frère entrait dans le cabinet de toilette d'un air navré. Puis il revenait discrètement sur son lit comme un petit oiseau trempé. Je mettais la peau des châtaignes, le trognon de salade et les queues de crevette dans un sac que j'emportais aussitôt jusqu'au local à poubelles.

J'ai perdu l'appétit en même temps que lui. Même si j'avais l'intention de manger correctement à la salle à manger de l'hôpital ou ailleurs, dès que je me remémorais la ligne fragile de son cou lorsqu'il descendait de son lit en s'excusant ou la sensation humide et glissante de la fermeture du sac en plastique noir, mes viscères remontaient bloquer l'entrée de ma bouche.

J'avais l'impression que plus il vomissait, plus la blancheur de sa peau devenait diaphane. Toute odeur disparaissait progressivement de son corps. Il était en train de s'intégrer à la pureté de sa chambre.

Curieusement, le raisin seul trouvait grâce à ses yeux. Le colman en particulier était parfait. Nous n'avions jamais pensé jusqu'alors au raisin comme à une nourriture aussi spéciale. Je n'avais aucune idée de ce qu'il pouvait avoir de plus que la pomme ou le fromage, toujours est-il que j'allais en chercher tous les jours.

Comme il n'y avait que du belly ratatiné chez le marchand de fruits à l'intérieur de l'hôpital, en général, je descendais jusqu'à celui de l'avenue qui menait à l'université. Et lorsque je n'y trouvais pas de colman frais, je prenais le métro pour aller chez un marchand de fruits spécialisé dans un quartier plus important. Dès que je voyais les grappes dans leur emballage de cellophane, alignées comme à la parade sur leur étagère, je me sentais toute ragaillardie, comme si je retrouvais de vieux amis. J'examinais tranquillement leur couleur, leur brillant et la disposition des grains avant de choisir le meilleur. Et je revenais dans la chambre avec mes précieuses grappes dans les bras.

Trouver du raisin devint ma tâche principale la plus gratifiante. Je me demandais parfois jusqu'où je devrais aller pour en chercher quand on n'en récolterait plus, une fois le temps devenu trop froid. A cette idée, je perdais l'équilibre et me débattais comme si on m'avait poussé dans une piscine profonde.

— Bonne nuit, disais-je en quittant la chambre, et j'avais le sentiment d'avoir terminé ma journée. C'est pourquoi j'avais l'impression que le temps qui me restait une fois rentrée chez moi était en trop.

Mon mari étant assistant à la faculté des sciences, il rentrait toujours très tard. Alors que depuis notre première rencontre neuf ans plus tôt il se consacrait à ses recherches sur la génétique, je ne comprenais toujours rien des grandes lignes, du sens ni du résultat de ses recherches. Si je réfléchissais à ce que mon mari évoquait pour moi, cela concernait toujours le thème de l'absence. Son absence et sa relation avec moi, la signification de son absence, le moment où son absence finirait. J'analysais son absence sous tous ses aspects. C'est dire à quel point mon mari était fondamentalement absent.

C'est pourquoi l'appartement était toujours sombre quand je rentrais. J'étais obligée de chercher le bouton de la lumière. Et quand elle s'allumait dans un déclic, je voyais d'abord l'évier de la cuisine. C'était l'endroit que j'aimais le moins. C'est pourquoi je ne pouvais pas m'empêcher de le voir.

Là se trouvait empilée d'une manière ridicule la vaisselle que mon mari avait utilisée le mat n. Une tasse à café renversée sur une assiette à dessert en verre, sur laquelle s'appuyait une assiette plate. Entre les deux étaient fichés un couteau, une fourchette et une cuiller à café. Je restais un moment plantée devant l'évier comme si je contemplais une œuvre d'art.

Une coulée d'œuf mollet restait accrochée au marli de l'assiette comme un ascaride. Un reste de café teignait de brun une tranche de céleri. Le yogourt avait pris une consistance de cervelle. L'évier débordait de "corps organiques".

J'avais un violent haut-le-cœur, comme si j'avais avalé un morceau de rouge à lèvres. Pour le faire passer, je poussais le chauffe-eau au maximum et, tout en combattant les "corps organiques", m'efforçais de penser à la blancheur des draps de la chambre et à l'éclat du réchaud.

A peu près au moment où mon frère avait été hospitalisé, mon mari avait entamé un nouveau programme de recherches très important, de sorte qu'il rentrait quotidiennement vers trois heures du matin. Cela me faisait un drôle d'effet de lui préparer un repas à cette heure trouble de la nuit. Ma tête était tout engourdie de sommeil, tandis que mes membres flageolaient bizarrement. Mes sens dormaient encore, j'étais incapable d'imagination, si bien que je me contentais de gestes mécaniques. Derrière la fenêtre s'étendait le noir profond et calme, seule la pièce était éclairée d'une manière tapageuse. Le bruit de ses gargarismes ou de la porte du réfrigérateur que je fermais se heurtaient à la lumière et s'éparpillaient dans toute la pièce.

Cette nuit-là, je lui ai servi du *beef stew*, une salade verte et deux petits pains. A chaque assiette que je posais, la table émettait un son bref. Je me suis assise lentement en face de lui, accablée par le poids de mon corps lourd de sommeil.

— Alors, comment va-t-il ? m'a-t-il demandé en jetant un coup d'œil circulaire sur la nourriture.

— Pas très bien je crois.

Ces derniers temps nous commencions toujours la conversation à peu près de cette manière.

— Comment ça, pas très bien ?

Il réclamait toujours des explications ordonnées et concrètes sur l'évolution de sa maladie, et j'avais du mal à trouver les mots. Parce qu'il n'y avait aucune logique dans mes observations. Quand j'étais avec mon frère, j'avais l'impression de flotter sur une mer de sensations et de sentiments purs. C'était naturel, comme si j'étais moi-même la mer.

— On dirait que l'anémie augmente. Et l'appétit baisse. Et puis, les effets secondaires du traitement sont sévères.

J'essayais de m'arracher à cette mer pour lui expliquer la réalité de la maladie le plus logiquement possible.

— Il n'y a rien de positif dans ce que tu me dis.

Il brassait légèrement le *stew* du bout de sa cuiller.

— C'est vrai, tu as raison.

Notre conversation restait toujours en suspens car il n'y avait pas d'ouverture à son évolution.

Le liquide brun stagnait dans l'assiette de *stew*. Il en a pris négligemment avec la cuiller qui brillait.

— Il ne mange toujours que du raisin ?

— Oui, ses gènes vont finir par se teinter de violet, lui ai-je répondu sans quitter sa bouche des yeux. Il a glissé la cuiller entre ses lèvres qui souriaient. Une goutte brune allait couler le long d'une fente verticale de sa lèvre, lorsque sa langue souple s'est pointée pour l'aspirer comme l'aurait fait un bivalve. Les plis de ses lèvres étaient humides de salive et de graisse.

Quand mon frère mangeait autre chose que du raisin, j'étais tellement inquiète de savoir s'il allait pouvoir le digérer que je priais les yeux fixés sur sa bouche, et c'est ainsi que j'avais pris l'habitude d'observer même en pleine nuit les gestes de mon mari quand il mangeait. Lorsque je marchais dans les rues ou regardais la télévision, dès que je voyais quelqu'un manger, je ne pouvais plus le quitter des yeux, comme si je venais de découvrir un phénomène naturel aussi exceptionnel qu'un arc-en-ciel ou de la grêle. Composants de la nourriture, forme, vaisselle, lèvres, langue, gorge, il me fallait tout vérifier.

Personne ne mangeait aussi joliment le raisin que mon frère. Le mouvement des lèvres, le bruit de la salive qui gicle ou l'aspect des dents, il y avait toujours quelque chose qui me déplaisait chez les autres.

L'extrémité des doigts de mon frère, qui se teintaient de violet pâle lorsqu'il mangeait du raisin, était délicate comme un luxueux objet d'art. Je ne me lassais pas de suivre des yeux la progression du jus sur la peau uniformément transparente. C'était un spectacle étonnant.

Le froid nocturne s'était frayé un passage à travers l'ouverture de la manche de mon pyjama du côté du bras sur lequel j'étais accoudée. Quand nous gardions le silence, je n'entendais plus que les bruits de son repas. Dans le calme douloureusement froid, le bruit de la viande qu'il déchiquetait ou des légumes qu'il écrasait prenait un relief déconcertant.

— Est-ce que je peux passer encore le prochain week-end dans sa chambre ?

— Mais oui, bien sûr.

— Qu'est-ce que tu vas faire, toi, ce week-end ?

— J'ai une expérience en chantier. Alors je suis obligé d'aller passer plusieurs heures à l'université. Je me débrouillerai, ne te tracasse pas.

— Tu m'excuses, hein ?

— Mais oui, ne t'inquiète pas.

— Quel drôle de couple nous formons, tu ne trouves pas ? Nous ne nous voyons qu'à trois heures du matin.

— Pas si drôle que ça. Il me suffit de savoir que tu es là à trois heures du matin.

Il a planté sa fourchette dans la tomate et l'alfalfa. Les filaments d'alfalfa ont tremblé comme des antennes de papillon.

... Je me demande pourquoi tu es si gentil. Et pourquoi, alors que tu es si gentil, tu peux avaler n'importe quoi d'une manière aussi désinvolte...

Je le regardais d'un air incrédule, comme si être gentil et manger étaient deux attitudes complètement contradictoires.

J'ai longuement réfléchi, car j'avais l'impression d'avoir déjà vu quelque part cette couleur de *beef stew*. Pommes de terre, carottes, champignons et oignons fondus. Je réfléchissais à ce liquide tiède dans lequel ils baignaient, tout en évoquant des souvenirs de toutes sortes.

J'ai perçu un bruit humide, produit de la langue et des dents aux prises avec le liquide, qui venait de l'intérieur de lui. Un bruit très physique.

... C'est ça, un souvenir qui fait penser au corps. Un morceau de chair qui venait d'être enlevé était posé sous mes yeux...

La salle d'opération. Je regardais de la cabine.

… C'est ça, c'est la même couleur que celle, étrange et si impressionnante, de ce qui a coulé des viscères à ce moment-là…

J'étais soulagée d'avoir trouvé ce que je cherchais.

Je n'avais assisté qu'une seule fois, poussée par mon patron, à une opération, avec les étudiants de sixième année. La salle était au neuvième étage, on ne pouvait y accéder que par un ascenseur spécifique. A l'instant où la porte de celui-ci s'ouvrait, on sentait la froideur de l'atmosphère, différente de l'aile des malades ou de celle des laboratoires. D'abord il n'y avait rien dans le hall. Pas de canapé ni de téléphone public, ni pots de balsamines. C'était vide au point que l'on ne pouvait se raccrocher à rien. Et il faisait sombre. Les recoins du hall se perdaient dans la pénombre. La moitié des lampes étaient éteintes. Il avait fallu que les étudiants derrière moi me poussent pour que j'ose m'y aventurer.

La salle d'opération était beaucoup plus petite et froide que je ne l'avais imaginé, et tout, les murs, le plafond, le sol et le matériel, avait la couleur du ciment. Personne, parmi tous ceux qui travaillaient en s'agitant à l'intérieur, n'avait fait attention à notre arrivée.

Au plafond de la petite pièce attenante à la salle d'opération s'ouvrait un trou pouvant laisser le passage à une personne, auquel menait un petit escalier étroit et raide. Il fallait passer par là pour accéder à la cabine.

Debout légèrement à l'écart du groupe d'étudiants, j'avais déplié le descriptif de l'opération. Keiko Kimura, 34 ans, ♀, ovariectomie, était-il écrit.

Des tas de mains gantées de latex opaque allaient et venaient au-dessus du corps. Les organes gorgés de sang, rouges et frais, étaient presque beaux. Ensuite, l'ovaire a été retiré des profondeurs. L'un des chirurgiens l'a pris dans sa main comme pour mieux le soupeser. Il tremblait légèrement, comme effrayé. Le dessus en était tendu à se rompre, comme s'il concentrait la douleur de la jeune femme qui l'avait abrité. Il s'est fendu lorsque le chirurgien lui a donné un petit coup de la pointe de son scalpel.

— Bille de chocolat, a murmuré un étudiant.

“Bille de chocolat”, ai-je répété intérieurement en me tournant vers lui.

... C'est mignon cette expression... me suis-je dit. Ça fondait dans la bouche.

Mais le liquide qui sourdait de la lame du scalpel, en complète contradiction avec cette expression, avait une couleur désagréable, à donner envie de vomir. Une couleur de sang pourri. Il se répandait, gluant, sur les gants de latex, révélant l'odeur et la température du corps qui l'avait abrité jusqu'alors. Et l'ovaire était complètement flétri.

… Une couleur rencontrée pour la première fois…

Je le sentais, et ne pouvais en détourner le regard. Je gardais les yeux fixés dessus, le visage tout près de la paroi de verre de la cabine, comme pour mieux goûter la tiédeur, la viscosité et l'odeur du liquide qui avait coulé de la bille de chocolat.

J'observais mon mari avec ce même regard. Le *stew* tiédissait doucement. Chaque fois qu'il entrouvrait les lèvres, je pouvais constater que sa langue avait une couleur de sang pourri.

— Dis, tu connais la maladie qu'on appelle bille de chocolat ?

J'avais un peu peur de ce que je m'apprêtais à dire.

— Non, a-t-il répondu brusquement.

Il n'y avait aucune raison qu'il la connût.

— Alors, c'est quoi ?

Il a mis un morceau de pain dans sa bouche, inconscient de la couleur de sa langue.

— Aucune importance…

J'ai gardé sadiquement les explications pour moi.

— Une amie s'est fait opérer à cause de ça.

— Ah ? Il y a tellement de malades autour de toi.

Et il a replongé avec insouciance sa cuiller dans le *stew*.

J'ai gardé le silence, car si j'avais continué à parler j'aurais risqué de me lancer dans des explications interminables concernant l'aspect du *stew* en parfaite concordance avec les sécrétions se reflétant sur la vitre de la cabine. Seules ses lèvres continuaient leur mouvement imperturbable.

Dans un coin de l'évier derrière lui s'entassaient pêle-mêle des épluchures de légumes, du marc de café, des croûtes de pain. J'ai regardé à tour de rôle ses lèvres et ce qu'il y avait derrière lui.

... Pourquoi l'action de manger est-elle aussi laide ?... me suis-je demandé. C'est le plus physiologique, inconscient et charnel de tous les actes humains. Derrière toute cuisine il y a toujours un évier sale.

J'aurais été tellement plus rassurée de savoir qu'il existait quelque part dans le noir de l'autre côté de la fenêtre une poignée qui ouvrirait sur un vide-ordures sans fond. Alors, j'aurais certainement acheté plusieurs douzaines de sacs plastique noirs que je me serais empressée de remplir de nourriture. Ensuite, je les aurais pris et m'en serais allée en sifflotant tourner la poignée. Et je les aurais jetés le plus loin possible dans le noir, comme un crachat.

... Si l'on pouvait se débarrasser de toutes les choses de la vie dans un vide-ordures et vivre aussi légèrement qu'un éclat de cristal !... pensais-je au fond de moi, et j'arrondissais le dos. J'ai toujours détesté la "vie".

Quand je rentrais de l'école, ma mère était là, au milieu de la maison, le regard perdu. Elle était entourée de linge. Elle regardait distraitement le tas. Cela avait le don de me plonger dans une colère incroyable qui me faisait le piétiner de rage en criant :

— Si tu laisses le linge comme ça, ce n'est qu'un tas de détritus. Il faut le repasser, le plier et le ranger dans la commode, sinon ça n'a aucun sens. Ce n'est pas si difficile à comprendre, tout de même !

Les serviettes de bain, chaussettes et mouchoirs en bouchon à mes pieds étaient de plus en plus proches de l'état de détritus.

— Oui, je sais. Je n'ai pas cessé de me dire qu'il fallait que je le fasse.

Ma mère levait vers moi un regard éteint. La source de son existence fêlée s'était tarie.

Notre vie avait pris un tournant bizarre à cause de son esprit disloqué.

J'ai regardé dans le jardin. Il y avait des massifs où fleurissaient des pensées. Une assiette était posée au milieu des fleurs. Si je n'ai pas aussitôt pensé à un objet sans valeur oublié là, c'est parce qu'il s'agissait d'une porcelaine chinoise de qualité supérieure fabriquée à l'étranger, sur laquelle étaient posées deux tranches de gâteau à la fraise et à la crème chantilly. Je me suis approchée du massif et des gâteaux en faisant travailler mon imagination afin d'essayer de comprendre quelque chose à ce spectacle incongru.

— Maman, maman ! ai-je hurlé.

Accroupie au milieu du massif, j'ai approché mon visage du sol. Les deux parts de fraisier y étaient blotties, dans l'odeur de terre, d'herbe et de pollen. Je les ai observées, le regard acéré comme à travers un microscope. C'était un gâteau tout simple, dont la couche de crème était aussi épaisse que la génoise. Les rayons du soleil arrivaient derrière moi, presque chauds, éclairant uniformément la crème. Les décorations faites à la poche à douille commençaient à fondre. A côté, les pétales des pensées se pavanaient, ricanantes, leurs couleurs aussi fraîches qu'à la sortie d'un tube de peinture. L'odeur sucrée, déplacée en cet endroit, me donnait mal au cœur.

Ce que j'ai remarqué en premier, c'est la ligne noire qui s'étirait à la surface de la crème. Comme elle était très nette, j'ai d'abord cru qu'elle était immobile. Mais après deux ou trois battements de paupières j'ai distingué un nombre incalculable de pattes enchevêtrées, fines et fragiles. Les fourmis arrivaient en file indienne et butaient une première fois sur le rebord de l'assiette, avant de progresser en titubant sur la porcelaine lisse et brillante. Lorsqu'elles arrivaient à la crème chantilly, elles s'enfonçaient dans cette douceur fondante. Celles qui se perdaient dans ce gras opaque et blanc se débattaient pour essayer d'en sortir. Et il en arrivait tellement à la suite que c'était dégoûtant à donner la nausée.

Je n'ai pas pu m'empêcher d'imaginer ce que cela donnerait d'avoir la bouche pleine de cette crème. En réalité, je n'avais pas très envie d'y goûter, mais c'est ma langue qui a pris l'initiative de se servir. Gorgée de soleil, la crème avait la tiédeur de ma langue. Elle s'est répandue dessus, presque liquide. Peu après, j'ai reconnu un goût sucré végétal. En même temps, les fourmis se sont mises à bouger sur ma langue et mes gencives. Leurs pattes chatouillaient mes muqueuses. Elles remuaient comme si leurs œufs éclosaient l'un après l'autre à l'intérieur de ma bouche.

— Que s'est-il passé ? ai-je crié d'une voix forte afin de cracher les fourmis pleines de crème.

— J'étais en train de regarder les pensées, accroupie près du massif quand la voisine m'a donné ça. Elle m'a dit, tenez, en me tendant l'assiette. C'est moi qui l'ai fait, goûtez-y. Alors moi, j'ai dit je vous remercie et j'ai pris l'assiette. Elle était si lourde et le gâteau avait l'air si fragile. Je suis restée un moment à me demander ce que je pouvais en faire. Je savais bien qu'il fallait que je me décide. Mais je ne savais pas quoi faire. Les rouages de mon corps étaient grippés, je ne pouvais pas bouger. Il m'a fallu toute mon énergie pour poser doucement l'assiette en faisant attention à ne pas tout faire tomber.

... Oui. Je sais. Tu es malade, et il y a une certaine logique dans ce que tu fais ou ce que tu te crois obligée de faire. Tu es capable de te justifier d'une manière magistrale...

Dépassée par ma colère, je me suis mise à écraser les fourmis à mes pieds.

Qu'ai-je fait du gâteau ensuite ? J'ai oublié, mais je l'ai certainement jeté aussitôt. Puis j'ai sans doute lavé et frotté énergiquement l'assiette où les fourmis écrasées formaient une tache noire. A cette époque, la poubelle de la maison débordait de nourritures anormalement dénaturées.

Alors que j'avais fui dans le mariage, laissant à mon jeune frère la "vie" avec ma mère, je me retrouvais maintenant encore dans cette "vie". Je devais laver assiettes et cuillers sales en pensant à la bille de chocolat. Je devais entasser dans un coin de l'évier des restes de repas couleur de bille de chocolat. Je n'avais toujours pas réussi à me soustraire au malaise de cette "vie".

Notre table se découpait nettement sur la vitre de la fenêtre. De l'autre côté, c'était sombre comme dans une forêt profonde. Il avait presque tout mangé.

— C'était bon ?

Mon regard pour lui était juste un peu méchant.

— Très bon, a-t-il répondu sur un ton plein de gentillesse. Puis il s'est redressé en prenant appui sur la table, m'a donné un léger baiser. Il avait une odeur de sang putride.

Nous nous sommes enfoncés de plus en plus dans l'automne. Je ne m'étais pas aperçue que nous étions maintenant à la saison où, quand inspire profondément, le froid provoque un léger pincement au fond de la poitrine. Il devenait de plus en plus difficile de se procurer du colman. Je n'avais plus d'autre moyen que de commander du raisin cultivé en serres au rayon fruits et légumes du sous-sol des grands magasins. Comme je m'y rendais presque quotidiennement, les vendeurs me connaissaient. Dès que je me montrais, ils sortaient en souriant sans rien dire un carton illustré de grappes de raisin.

— Regardez, il est pas beau mon colman ? me disaient-ils tout fiers en l'ouvrant pour me le montrer. Pour moi, le raisin était aussi précieux qu'un ticket d'accès à la chambre de mon frère.

Après la visite du samedi matin, l'aile des malades retrouvait son calme. Mon frère était assis sur son lit, en train de lire un magazine sportif. Quand j'ai refermé la porte dans mon dos, il a fermé bruyamment sa revue et m'a fait un petit signe de la main. Sur la couverture il y avait l'éclatante photo de l'instant qui avait décidé de la victoire dans le championnat japonais de base-ball professionnel.

— Ah.

— Oui.

Nous avions l'habitude de nous saluer de cette manière déconcertante. J'ai placé la boîte de raisin au réfrigérateur. Il n'y avait rien d'autre à l'intérieur qu'une bouteille de lotion capillaire. Mon frère m'avait expliqué qu'elle était plus agréable à utiliser fraîche. Le réfrigérateur, sans nourritures superflues, était lumineux, presque éblouissant.

— J'ai une crise de stomatite aiguë, mes muqueuses sont tellement enflammées que j'ai du mal à parler. J'ai l'impression que ma bouche ne m'appartient plus.

Il s'est tourné vers moi, a ouvert grande la bouche. Dans un geste enfantin, si charmant que je n'ai pas eu à me préoccuper d'y attacher trop d'importance.

— Il faut le dire au médecin. Tu n'es pas obligé de le supporter. Un simple médicament peut suffire à te soulager, ai-je dit avec optimisme. Il a fermé la bouche en acquiesçant, docile.

Pendant le moment qui a suivi, nous n'avons pas parlé lui et moi. Il avait à nouveau ouvert sa revue et consultait sagement le tableau des qualifications individuelles pour la course au trophée. J'étais assise sur le sofa et je ne bougeais pas.

La chambre, juste après le nettoyage alerte des femmes de service, était encore plus nette que d'habitude. Ici, cela ne me pesait pas du tout de n'avoir rien à faire. Je pouvais rester inactive autant d'heures qu'il le fallait Regarder mon frère tout en appréciant la netteté impeccable de sa chambre suffisait à mon bonheur.

Je trouvais cela un peu étrange de pouvoir rester aussi facilement seule avec quelqu'un, enfermée de longues heures durant dans un espace restreint, sans rien dire. Nos respirations, battements de cœur et ondes émanant de notre corps semblaient en parfaite harmonie, et je n'avais pas besoin de penser à des choses inutiles. Quand j'étais assise à table en face de mon mari à trois heures du matin je pensais à toutes sortes de choses sans importance. Je finissais toujours par me remémorer le liquide qui s'était répandu sur les gants de latex, ou les fourmis crapahutant à l'intérieur de ma bouche. Mais quand j'étais dans la chambre je n'avais jamais mal au cœur. Mes viscères étaient aussi frais que s'ils étaient vides.

Jusqu'alors, je ne savais pas que mon frère pouvait être aussi attachant. Lorsque j'étais assise sur le sofa à côté de son lit, je m'appliquais à recueillir les sentiments que j'éprouvais envers lui. Cela ressemblait à une histoire d'amour qui commence. C'était tiède et doux comme lorsqu'on tient un bébé tout nu dans ses bras. Je suis toujours ainsi quand je commence à aimer quelqu'un. Tout chez cette personne, ses paroles, ses gestes et son corps, me met en joie. Les aspects désagréables de ma personnalité se désintègrent sans bruit. Je sens que je suis en train de devenir toute propre à l'intérieur. Et je me mets à désirer ardemment cette personne, à tel point que c'en est douloureux. Mon frère dans sa chambre de malade faisait remonter en moi ces souvenirs de commencement d'histoire d'amour.

Pour autant, je ne l'ai jamais aimé comme un homme. Je n'ai jamais accordé d'importance à notre différence de sexe. Je crois que cela n'aurait rien changé s'il avait été une fille. Le début d'une histoire d'amour est très court. On tombe tout de suite en plein milieu du tourbillon amoureux. Et on ne peut plus revenir en arrière. Les malentendus d'ordre physique viennent troubler les sentiments, et l'on finit par faire assaut de gentillesse. C'est ainsi que cela s'est passé avec mon mari. Mais entre mon frère et moi il ne s'agissait pas d'un homme et une femme et, puisqu'il était le cadet et moi l'aînée, jamais il n'a été question d'en arriver là. On aurait pu continuer ainsi indéfiniment. Il suffisait d'apprécier ce calme parfait qui plane sur le commencement d'un amour. Puisque nous étions toujours au début, j'avais l'impression qu'il ne prendrait jamais fin. Je croyais presque à l'éternité. Je repoussais de toutes mes forces le chuchotement démoniaque qui ne demandait qu'à resurgir, voulant savoir jusqu'à quand cela allait durer. Et lorsque je finissais par l'entendre vraiment, j'avais envie de répondre que cela durerait jusqu'à sa mort.

Si mon frère n'était pas tombé malade, je n'aurais sans doute jamais su comment l'aimer. Notre relation était tout entière dépendante de ce simple "frère cadet". J'ai eu l'impression de le rencontrer véritablement à partir du moment où il est entré pour la première fois dans sa chambre d'hôpital.

Dehors il faisait un temps magnifique, qui déversait une atmosphère de bien-être jusque dans la chambre. Il faisait beau pratiquement tous les jours depuis que mon frère était revenu à Tokyo. Et le vent et la lumière n'étaient pas trop humides. Les contours acérés des barres d'immeubles du grand ensemble découpaient le ciel en formes complexes.

— Dis-moi…

Je ne m'étais pas aperçue qu'après avoir posé sa revue sur la table de nuit il regardait maintenant droit devant lui, un oreiller plaqué sur ses jambes allongées.

— Qu'est-ce qu'il fait ton mari ?

La question était si soudaine qu'instinctivement j'ai dit :

— Quoi ?

— C'est samedi aujourd'hui, alors je me demande ce qu'il fait, a-t-il dit tout en passant sa langue sur la tuméfaction à l'intérieur de sa bouche.

— Il fait toujours ses expériences. Tu sais bien qu'elles ne sont jamais finies. Des expériences aujourd'hui, d'autres demain. Si j'étais à sa place, ça me rendrait folle. Mais, bien sûr, il se fait du souci pour toi. C'est la première chose qu'il me demande quand il me voit. Je crois même qu'il s'en veut de ne pas pouvoir te rendre visite.

— Ça, ce n'est pas grave.

Il regardait fixement le mur de la chambre. La blancheur de son cou et de ses mains ressortait d'autant plus qu'il portait un pyjama bleu. Cette blancheur était telle qu'elle donnait l'impression que chaque cellule de sa peau était en train de devenir transparente. J'étais triste et angoissée à l'idée que cette transparence allait ainsi progresser dans son corps jusqu'à ce que celui-ci meure proprement, comme s'il s'évaporait. Le regard de mon frere semblait passer à travers le mur de sa chambre pour aller jusqu'à se perdre dans un endroit beaucoup plus lointain.

— Ça se passe bien entre vous ?

— Oui. On y arrive à peu près.

— C'est peut-être parce que je ne vous ai pratiquement jamais vus ensemble, mais je n'arrive pas à t'imaginer capricieuse, jalouse ou aimante avec lui.

— Je ne me comporte jamais avec lui d'une manière aussi exagérée. C'est la vie qui se répète. On mange, on dort, on jette les détritus. C'est la vie, quoi.

J'avais parlé en revoyant en alternance la crème chantilly pleine de fourmis et le *beef stew* se refléter sur la vitre de la cabine surplombant la salle d'opération.

— La vie est idiote, tu sais. Sale et puérile.

— Tu crois...

Sa voix était molle et sans force comme une hostie. On a entendu les roues d'un fauteuil roulant glisser derrière la porte. Mon frère a déplacé l'oreiller pour se blottir sous la couverture.

— Tu connais l'entraînement par visualisation d'images ? Celui que font les sportifs, ai-je ajouté alors qu'il me regardait, enveloppé jusqu'aux épaules dans la couverture.

— Oui, je connais.

— C'est ce que je fais de temps en temps. En l'attendant le soir, j'imagine une relation parfaite entre nous. Je commence par sourire avec modération, dans une attitude qui me permet de respirer tranquillement, avec naturel. Puis, et c'est le point important, je m'efforce de ne pas trop parler.

Parce que souvent, en parlant de tout en une seule fois, je le lasse. Alors je mets en place une conversation qui nous réchauffe le cœur. Ensuite, tout naturellement il me caresse les cheveux, pose sa main sur mon épaule, bref nous avons ce genre de contact physique, dans une pièce parfaitement rangée, où les meubles brillent tellement ils ont été frottés... Les images se précisent de plus en plus, prennent du poids, et c'est dans cet état d'esprit que je le retrouve dans la réalité.

— Et comment ça se passe ?

— Il rentre, et en général il ne faut pas plus de quelques secondes ou quelques minutes pour faire voler toutes ces images en éclats. Il suffit d'un rien, une parole ou un geste malheureux, pour les annihiler. J'ai attendu tellement longtemps. au point que les images se sont incorporées l'une à l'autre. et puis finalement il lui arrive même de ne pas rentrer.

— Ah.

Il a acquiescé d'un mouvement de tête presque exagéré. Et un moment plus tard, il a ajouté, sans détourner de moi son regard :

— Je vais mourir en ignorant toutes sortes de choses. Je ne pourrai même pas faire l'expérience du mariage. Je n'ai pas assez de temps.

J'ai eu l'impression que les mots tombaient lentement l'un après l'autre entre le lit et moi. Je ne savais pas comment faire pour les ramasser. Apprendre qu'il pensait à sa propre mort d'une manière aussi concrète me faisait mal dans la poitrine comme si l'on m'avait forcée à avaler de la glace.

— Et dire que je vais mourir sans avoir jamais fait l'amour.

Je crois que c'est la seule fois où l'expression a résonné d'une manière aussi crue à mon oreille. Son visage n'était ni triste ni solitaire, plutôt d'une douceur innocente. Je me suis levée du sofa, me suis appuyée au rebord de la fenêtre. Le chemin en pente qui menait à l'hôpital se trouvait à peu près dans le prolongement de l'allée bordée de ginkgos du siège de l'université. Personne n'y marchait. J'avais le sentiment que mon frère, moi et cette expression si crue étions là, abandonnés.

— ... Fait l'amour ?

Il m'a semblé que ma voix était légèrement rauque.

— Ce n'est pas quelque chose de si particulier, tu sais. Ça fait partie de la vie, et ça se répète comme le reste.

Il a caché sans rien dire la moitié de son visage sous la couverture. Je promenais mon doigt sur la bordure en dentelle du rideau.

— C'est ce que tout le monde fait ordinairement, dans cette vie stupide. Le faire ou ne pas le faire pendant qu'on est en vie n'est vraiment pas le problème Ne sois pas triste à cause de ça. Je t'en prie.

— Ne t'inquiète pas, grande sœur.

En disant cela, il s'est entièrement enroulé dans la couverture. J'ai tellement été touchée qu'il m'appelle grande sœur que les larmes me sont montées aux yeux. Il était si maigre, ainsi enroulé dans sa couverture, que j'avais envie de le bercer dans mes bras.

Je me suis écartée de la fenêtre pour venir m'agenouiller à son chevet. Seuls ses cheveux dépassaient de la couverture. Après avoir posé la main dessus, j'ai compris, au léger tremblement, qu'il sanglotait. Comme il ne faisait pas de bruit, je sentais ses larmes s'écraser sur le drap.

... Ne pleure pas comme ça...

Je lui caressais les cheveux.

... Je suis beaucoup mieux ici avec toi, dans cet endroit si préservé que l'on dirait que le temps s'est arrêté. Quand je te caresse ainsi les cheveux, je sens la chaleur de ton corps couler tranquillement à travers ma main et je me sens bien. Alors ne pleure pas...

Je lui ai caressé et recaressé les cheveux, comme si je priais. Ses sanglots mis à part, ce fut un samedi parfait. Nous étions seuls tous les deux, sans être dérangés, loin des turpitudes de la vie, nous nous aimions et ma main était pleine d'une sensation agréable. Et pourtant, il n'en finissait pas de pleurer d'une manière cristalline.

Après cela, il n'a plus jamais pleuré, ni parlé de la mort. Il mangeait son raisin d'une manière détachée, j'allais jeter les peaux et les pépins dans la poubelle. Il m'arrivait plusieurs fois dans la journée de me rappeler cette scène, et cela m'était pénible. La sensation éprouvée en caressant ses cheveux grignotait peu à peu mes sentiments. Dans cette chambre de malade qui ne se dénaturait pas, il était le seul à s'affaiblir inexorablement.

L'après-midi du samedi suivant, j'ai descendu le chemin en pente pour aller à sa demande chercher des livres à la bibliothèque de l'université. J'aimais aussi la bibliothèque, de la même manière que j'aimais sa chambre à l'hôpital. Là non plus on ne sent pas la vie. L'air a les yeux fermés et baisse la tête silencieusement. Tout le monde est reclus en soi-même, si bien que personne ne vient troubler mes sentiments.

Cette bibliothèque était haute de plafond et, en marchant entre les rayonnages, on apercevait au sommet de la fenêtre le jaune vif du feuillage des ginkgos et le bleu du ciel. Le plafond était si haut qu'en regardant alternativement le dos des livres et la fenêtre on risquait d'avoir le vertige. Le bruit discret des talons sur le plancher s'étirait en droite ligne vers le haut.

Avec la liste de mon frère, je suis allée de l'histoire de l'art au théâtre, puis à la littérature contemporaine américaine, et j'étais en train de chercher le "I" d'Irving lorsque j'ai entendu appeler mon nom derrière moi. Je me suis retournée et j'ai vu S. Le voir ainsi ailleurs qu'à l'hôpital, dans ses vêtements personnels et sans sa blouse blanche était nouveau pour moi, si bien qu'instinctivement je l'ai détaillé des pieds à la tête.

— Vous ve… venez souvent ici ? m'a-t-il demandé à voix basse, en approchant son visage. J'ai souri en réalisant qu'il bégayait même lorsqu'il chuchotait.

— Oui, aujourd'hui c'est pour mon frère.

Il était habillé décontracté, d'un jean et d'un sweater assorti, de couleur claire. Tout dans sa silhouette, l'angle d'où il me regardait, la courbe de ses épaules, l'épaisseur de ses muscles, la jonction de ses hanches et de ses jambes, avait la même beauté digne d'un champion de natation que lorsqu'il portait sa blouse blanche.

— Ah bon ? Moi aussi je viens souvent ici parce qu'à la bibliothèque de la faculté de médecine on trouve difficilement des livres sur d'autres sujets que médicaux.

Nos voix traversaient l'air silencieux pour aller se cogner au plafond. L'étudiant assis derrière le comptoir de prêt, ayant interrompu le rangement de ses fiches, nous regardait.

— Vous ne voulez pas sortir pour parler ? m'a-t-il proposé d'une voix encore plus basse, pour ne pas le gêner.

— Si. Vous me laissez le temps d'emprunter un livre ?

Je me suis dépêchée de prendre *Hôtel New Hampshire* à la lettre "I" et me suis dirigée vers le comptoir avec les deux autres livres.

Quand nous avons ouvert la porte de la bibliothèque, nous nous sommes retrouvés face à l'allée principale du campus, toute dorée du feuillage des ginkgos qui la bordaient. Les arbres tremblaient au moindre coup de vent, libérant des feuilles qui tombaient en diagonale. Leur contour jaune se détachait très nettement sur le bleu du ciel. Elles avaient le temps d'étinceler plusieurs fois au cours de leur chute.

— C'est cet endroit, à l'automne, que je préfère de tout le campus. C'est incroyablement beau, ne trouvez-vous pas ? a dit S, en haut des marches de la bibliothèque. Tout en acquiesçant, je suivais du regard les feuilles qui tombaient au-delà de son profil.

— On y va ?

Il m'a encouragée à descendre. J'ai marché à ses côtés, en appuyant sur mon sac et en essayant de le porter de plusieurs manières différentes, car il était déformé par les trois livres. Les feuilles mortes craquaient sous nos pieds. Nous étions samedi après-midi, les étudiants étaient peu nombreux, tout le monde marchait tranquillement.

— Vous n'êtes pas fatiguée ? Entre l'accompagnement du malade, le travail et la maison ?

— Ça va. Quand je suis dans la chambre, je ne me fatigue pas du tout.

— C'est vrai ?

Ensuite, nous nous sommes contentés de faire craquer les feuilles, pratiquement sans échanger une parole.

Il y avait un petit jardin derrière la faculté de gestion, et il m'a emmenée au restaurant du personnel qui se trouvait là. C'était une vieille bâtisse en bois, de style occidental, et les chaises, les tables, et même l'uniforme des serveuses avaient un air vieillot. Attirés par la grande terrasse au sud, qui était pleine de soleil, nous sommes allés nous y installer avec notre tasse de café. Quand le vent ne soufflait pas, il faisait tiède comme si nous étions enveloppés d'un doux tissu. Mais dès que le vent se levait on sentait fraîchir les joues et la nuque. Et les feuilles de ginkgo tombaient jusque sur les tables.

Sans sa blouse blanche, S était muet. Mais comme ce n'était pas gênant, je ne me suis pas forcée à chercher un sujet de conversation. Toutes sortes de couples, professeur et étudiante, jeune assistant et étudiant étranger, un homme et une femme employés dans les bureaux, déjeunaient encore malgré l'heure tardive ou avaient étalé leurs documents sur l'herbe.

Il m'a posé encore une fois la même question :

— L'accompagnement du malade ne vous fatigue pas, c'est vrai ?

— Non, pas du tout. J'aime bien sa chambre. J'aime bien être avec lui dans la chambre.

— Pourquoi ?

— Bien sûr, ce n'est pas la maladie que j'aime. Seulement j'aime mon frère, et j'ai découvert qu'une chambre est l'endroit idéal pour être avec quelqu'un qu'on aime. J'ai du mal à l'expliquer, mais c'est comme ça. Il me semble que mes explications peuvent prêter à confusion.

J'ai baissé la tête pour boire une gorgée de café.

— Je... je comprends bien quand vous me dites que vous aimez votre frère.

Il m'a semblé que le bon côté de sa personnalité s'exprimait à travers ses bégaiements. Entre l'équilibre de sa constitution physique et sa manière de parler, on pouvait parfaitement prendre la mesure de ses qualités.

— Je peux vous poser des questions sur l'orphelinat ?

Je pensais que pour le comprendre mieux il était indispensable de ne pas ignorer cette histoire d'orphelinat.

— Bien sûr, tout ce que vous voulez, a-t-il répondu joyeusement.

— Dites-moi donc pourquoi chez vous c'est un orphelinat ?

— C'est simple. Chez moi, au départ, c'est une église où les enfants malheureux se sont regroupés tout naturellement, et c'est ainsi qu'ils se sont mêlés à la vie de ma famille. Comme c'est une église, il y a de l'espace, comme elle est placée sous juridiction religieuse, il n'y a pas trop de problèmes d'argent, et comme il y a plein de fidèles pour aider, à ma naissance, c'était déjà un orphelinat plus qu'honorable.

— Vous êtes donc né à l'orphelinat mais vous n'êtes pas un orphelin.

— Non. Mais j'ai été élevé comme un orphelin. Je crois que, lorsque je suis né, mes parents ont fait en sorte que l'on pense qu'ils avaient un orphelin de plus. Ils devaient avoir peur que l'on ne fasse une di... différence.

— Alors, vous mangiez et vous dormiez avec les autres orphelins ?

— Bien sûr, je faisais tout comme un véritable orphelin.

A ce moment-là, il y a eu un coup de vent un peu plus fort, et une feuille de ginkgo est venue se glisser entre le sucrier et le distributeur de serviettes. Il l'a prise avec précaution entre ses doigts avant de la laisser tomber sur le sol à ses pieds.

— C'est à cause de cela que je n'ai aucune idée de ce qu'est une famille. Les vrais orphelins quittaient l'orphelinat l'un après l'autre quand ils avaient trouvé une famille, mais moi j'ai été obligé de rester jusqu'au bout un orphelin.

La serveuse s'est approchée discrètement pour nous resservir de l'eau.

— J'ai enfin réussi à échapper à ma condition d'orphelin en devenant a... adulte.

Il a passé son doigt sur les gouttes d'eau de son verre.

— Les repas dans un orphelinat, ça doit être animé, non ? ai-je remarqué en le quittant des yeux pour fixer un endroit éloigné du jardin, afin d'alléger l'atmosphère.

— Pour ça, oui. Les enfants n'étaient pas encore en âge d'aller à l'école, et avec mes parents, enfin je disais "professeur", comme les autres enfants, et les fidèles qui nous aidaient, on était une bonne vingtaine à manger. Alors après les repas, sous la table c'était un océan de déchets. Je n'exagère pas. Les enfants qui étaient de service devaient nettoyer tout ça au balai à franges.

J'imaginais les grains de riz, les morceaux de spaghettis et les trognons de laitues collés avec la poussière au bout des franges.

— Vous ne pouvez sans doute pas imaginer une table cra... crasseuse dans une ambiance aussi agitée.

— Mais si.

J'ai hoché la tête avec énergie.

— Ma mère était atteinte d'une grave maladie mentale, si bien que la maison était dans un état indescriptible. Elle ne savait pas comment vivre. A la fin, elle avait même perdu toute aptitude à vivre.

— Vous m'avez bien dit qu'elle avait été tuée ?

— Oui. D'un coup de fusil au cours de l'attaque d'une banque. Et j'ai été soulagée. J'ai su alors que la maisòn où j'avais grandi n'existait plus. Et que je n'étais plus obligée de retourner à cette vie que ma mère avait complètement bouleversée.

— Etait-elle si bouleversée que ça ?

— C'est peut-être une question de sensibilité physiologique. Mais vivre avec quelqu'un qui a la tête malade, c'est comme manger avec au milieu de la table un bocal de formol dans lequel flotte un fœtus acéphale.

J'ai fini le café qui restait dans ma tasse. J'ai cru y discerner une odeur de formol, alors que je n'avais jamais eu l'occasion d'en sentir.

— Ce n'est pas seulement dans les orphelinats. Dans n'importe quelle famille, la table n'est jamais nette.

— Je... je vois.

Le soleil qui éclairait la terrasse avait commencé à décliner. L'ombre approchait derrière lui. Il n'y avait plus que nous deux sur la terrasse.

— La chambre à l'hôpital est un endroit parfaitement purifié de toutes les turpitudes de la vie. Quand je suis avec mon frère dans cette chambre, j'ai l'impression de devenir un ange ou une fée. Je crois que je pourrais vivre uniquement de l'amour que je lui porte.

Il a ri. Et il m'a regardée gentiment comme s'il avait un ange ou une fée véritables devant les yeux. Il éveillait en moi l'envie d'être consolée.

— Je vous envie d'être capable d'aimer votre frère à ce point. Moi... moi qui ai été obligé d'être orphelin.

J'ai encore une fois imaginé à travers son sweater ses pectoraux couverts de gouttes d'eau.

— Mais...

Sa poitrine était là, devant mes yeux, comme un lit tiède et velouté.

— Mais si mon frère mourait, moi aussi je serais orpheline.

Les mots étaient sortis facilement d'eux-mêmes, alors que je n'avais pas du tout envie de penser à l'éventualité de sa mort. Ils ont ouvert une brèche en mon cœur où le vent qui arrivait derrière lui s'est engouffré. J'avais beau baigner dans l'éclatant soleil d'automne en compagnie d'un orphelin à la musculature idéale, j'étais quand même irrémédiablement triste. J'avais l'impression que mon corps se fendillait de toutes parts.

— Ne vous inquiétez pas, la condition d'or... d'orphelin n'est pas aussi tri... triste. Tout le monde peut le de... devenir facilement.

J'ai acquiescé bêtement. Je voulais dire quelque chose, mais je n'aurais pas pu empêcher mes larmes de couler. J'avais la douloureuse envie de me blottir sur ce lit de musculature pour y dormir le plus longtemps, le plus profondément possible, afin d'éviter à mon corps la destruction.

L'hiver est tout de suite arrivé. Mon frère s'affaiblissait rapidement, et il a fini par ne plus pouvoir manger de raisin. Seul un liquide couleur d'ambre ou de vin arrivait tant bien que mal à s'infiltrer dans son corps, en tombant goutte après goutte de sacs en gomme de synthèse, épais, qui paraissaient solides.

Un moment après l'habituel nettoyage approfondi, l'infirmière faisait son entrée avec les poches pleines de liquide, les tubulures terminées par des embouts de plastique et un paquet de pochettes contenant chacune une aiguille sous vide. Elle s'activait adroitement à décoller les adhésifs, relier les tubulures, régler les embouts. Sur le bras de mon frère, fragile et blanc comme si pas une seule goutte de sang ne l'irriguait, elle serrait le caoutchouc pour forcer les vaisseaux à se montrer. Puis elle scotchait négligemment l'aiguille et la tubulure sur le bras avec du sparadrap. Même si je regardais le goutte-à-goutte tomber si lentement que cela me donnait le vertige, la poche finissait toujours par se vider, et le sang rosé commençait à remonter dans la tubulure. Alors, l'infirmière revenait pour tout refaire en sens inverse. Les poches en gomme de synthèse, les tubulures et les aiguilles prenaient ensuite directement le chemin du local à poubelles.

C'est à cause de cela que je n'avais pratiquement plus à pousser la lourde porte du local à poubelles. Il n'y avait plus rien à jeter dans la chambre.

Cette année-là, il y a eu de la neige comme jamais en dix ans sur Tokyo, et tous les jours il en est tombé des quantités incroyables. C'était la première fois que je voyais la ville sous une couche de neige aussi épaisse. J'ai découvert en me levant un matin la première neige. Elle n'a pas cessé de la journée, devenant plus épaisse et violente, si bien que le soir venu elle avait tout enseveli, le ciel, l'air et le vent. A partir de là se sont succédé des jours dignes du pays de neige. La fenêtre de la chambre, même la nuit, luisait de sa réverbération. Mon frère, qui n'avait plus la force de se lever et de marcher, me demandait depuis son lit comment elle était. J'essayais alors de lui répondre en utilisant le plus de mots possible.

— C'est comme s'il tombait d'innombrables pétales de roses blanches.

— On dirait que des chatons de bouleaux s'élèvent du sol.

— Aujourd'hui c'est de la poudreuse, on dirait de la farine. Je suis sûre que si on marchait dedans on risquerait d'étouffer.

Ainsi expliquais-je, et il répondait, son délicat regard tourné vers la fenêtre :

— Ah, c'est vrai ?

Nous regardions longtemps fixement, lui la neige entassée sur le rebord de la fenêtre, moi sa silhouette qui devenait de plus en plus diaphane.

Au fur et à mesure que la neige s'épaississait, le nombre d'étudiants diminuait. Les examens terminés, nous sommes entrés dans de longues, très longues vacances. J'avais beau aller à la bibliothèque le samedi après-midi, c'était effrayant comme il n'y avait personne. Je faisais tranquillement le tour de la salle de lecture, de la salle d'audiovisuel et de la salle d'études, puis celui des rayonnages, comme dans une promenade. Je me contentais de parcourir cette bibliothèque en me demandant si je voulais réfléchir à quelque chose ou au contraire ne penser à rien. Dans les rayons, quand j'arrivais à la lettre "I" du département de littérature contemporaine américaine, la plupart du temps S était présent. Nous ne nous étions jamais donné rendez-vous, aussi, dans les premiers temps, je trouvais bizarre de le voir là, mais puisqu'il était doué pour me réconforter, je ne posais pas de questions superflues et passais un moment avec lui. Un moment de simplicité, au cours duquel nous buvions un café au vieux restaurant derrière la faculté de gestion.

La terrasse, dont les tables et les chaises avaient été enlevées, était pleine de neige. On ne pouvait plus y prendre le café. Il faisait tellement chaud à l'intérieur que j'avais envie d'enlever le cardigan que je portais sous mon manteau.

Le jardin disparaissait sous la neige. Plus rien n'évoquait le jaune des ginkgos tremblant dans le vent frais. J'avais l'impression qu'à notre insu le temps précieux qui nous restait à mon frère et à moi avait été enseveli sous la neige.

— Je crois qu'ils ferment demain. Jusqu'à la pro… prochaine rentrée*.

— Ah ?

En dehors de nous, il n'y avait qu'un homme aux allures de professeur, qui avait aligné des documents et prenait des notes. La serveuse était appuyée distraitement sur la caisse.

— Alors on ne pourra plus se voir ici. C'est pourtant un endroit agréable et tranquille. Je me demande si la rentrée va vraiment venir. Il me semble qu'il va falloir un temps incroyable avant que toute cette neige se mette à fondre, ai-je dit en regardant les gouttes d'eau couler sur la vitre.

— Elle viendra bien un jour.

— Je me demande si mon frère vivra jusque-là ?

Il a croisé et décroisé ses jambes sous la table, tourné sa cuiller dans son café, et

* En avril au Japon, à l'époque de la floraison des cerisiers.

finalement n'a rien répondu. Cela m'arrangeait. Je voulais seulement entendre mes propres mots s'écraser sur sa poitrine.

— Ces derniers temps, je sens que le moment approche.

— Qu... quoi ?

— Mon frère... le moment où mon frère va disparaître.

J'exprimais la plus insupportable de mes pensées, et j'imaginais malgré tout la beauté de ses muscles de champion de natation. Cette image me faisait plaisir, en même temps que je souffrais d'éprouver de la pitié envers mon frère. Le plaisir et la souffrance grossissaient jusqu'à encombrer ma poitrine.

Je sentais que ses muscles étaient souplement entraînés jusqu'au bout des doigts qui tournaient la cuiller.

... Ses doigts caressaient-ils le corps de ses patients jusque dans les moindres recoins ? Ces doigts s'imbibaient-ils de sang, de liquide digestif ou antiseptique ?...

Je promenais mon regard qui s'accrochait à ses doigts, ses bras, ses épaules et sa poitrine.

— Voudriez-vous me prendre dans vos bras ?

Je venais de prononcer quelque chose d'insensé, et j'étais curieusement impassible. S fut encore plus calme.

— Qu'est-ce que vous voulez dire ? demanda-t-il sans changer d'expression, sans bégayer non plus.

— Rien. Cela me suffirait que vous me preniez dans vos bras. Seulement dans vos bras.

C'était comme si dans ma poitrine encombrée un petit trou s'était ouvert, qui laissait échapper ces mots insensés.

— Ce soir… dans une chambre à l'hôpital, un lit dans une chambre parfaitement pure, ce serait bien.

— D'accord. Je peux faire ça.

Son expression mesurée, dépourvue de curiosité agressive, me rassura. Il neigeait toujours, le professeur écrivait, la serveuse rêvassait. Nous bûmes doucement notre café afin de ne pas troubler le calme alentour.

Nous avions les yeux levés vers l'escalier de secours qui montait en spirale le long du bâtiment sur l'arrière de l'hôpital. Le ciel était d'une profonde couleur indigo et il n'y avait ni lune ni étoiles. Seule une neige poudreuse tombait en voltigeant. Les flocons collaient à ses cheveux, ses cils, aux mailles de son sweater. Tout était calme, comme si l'air était complètement gelé. Il n'y avait pas de vent.

— On y va ?

La main de S effleura mon dos. Comme j'avais une grosse écharpe autour du cou, je n'étais pas très libre de hocher la tête.

— Oui, répondis-je en posant précautionneusement le pied sur la neige entassée sur la première marche, comme s'il s'agissait d'un gâteau en sucre.

L'escalier en colimaçon était si glissant que j'aurais eu peur si je n'avais tenu la rampe d'une main, son bras de l'autre. Je fis tellement d'efforts pour ne pas tomber que je fus tout de suite essoufflée. Nous fûmes obligés de faire une pause à peu près tous les quatre étages.

Il s'inquiéta à plusieurs reprises de savoir si j'étais fatiguée ou si j'avais froid. Il avait le sens de l'équilibre et ses membres se déplaçaient avec aisance, comme s'il était depuis longtemps entraîné à gravir des escaliers en colimaçon enneigés.

A chaque marche l'indigo se rapprochait. Je me sentais aspirée par le ciel comme Jacques grimpant à son haricot. Il me semblait que j'allais découvrir au plus profond la source de toute cette neige qui tombait.

Nous dépassâmes le quinzième étage où se trouvait mon frère avant d'arriver au seizième et dernier étage. Sous nos yeux, la trace de nos pas s'étirait suivant une spirale en pointillés. Nous avions le souffle court, et nos deux respirations, blanches, s'enchevêtraient.

— Attendez un peu.

Il entrouvrit la porte de secours, jeta un coup d'œil à l'intérieur.

— Il n'y a personne ? m'inquiétai-je, les lèvres engourdies par le froid. Cela me pesait de devoir imaginer une explication convaincante pour le cas où l'on nous découvrirait, même si au fond je me souciais peu d'être découverte.

— Ça va, dit-il, et il me fit passer la première.

Le couloir, à cette heure tardive, était plongé dans la pénombre. Seul un filet de lumière en provenance du local des infirmières parvenait jusqu'à nous. Les portes des chambres étaient toutes hermétiquement fermées, et l'on ne sentait pas de présence humaine. Ma main toujours sur son bras, j'avançais sur la pointe des pieds, attentive à ne pas faire de bruit.

Il me fit entrer dans la quatrième chambre à partir de la sortie de secours.

Il y faisait aussi sombre que dans le couloir, mais je reconnus aussitôt les lieux. Parce que tout était identique à la chambre de mon frère, y compris la réverbération de la neige derrière la fenêtre.

— J'allume ?

— Non. Ne changez rien.

— Vous voulez que j'enlève mes vê... vêtements ?

— Oui. Je voudrais sentir les muscles de votre poitrine me serrer.

S ne me posait que des questions auxquelles j'étais capable de répondre. S'il avait prononcé, ne serait-ce qu'une seule fois et en bégayant, le mot pourquoi, je me serais sans doute figée comme une enfant muette.

Pour moi, il n'était pas plus un amant qu'un mari ou un ami d'enfance, mais un personnage abstrait. Entre nous, il n'y avait pas de passé ni d'avenir, uniquement mon frère qui approchait de la mort. Et j'avais besoin de ses muscles pour prendre soin de mon frère.

De l'autre côté du lit, ses vêtements s'arrachaient à son corps comme la peau d'un fruit. Sa poitrine était devant mes yeux comme un bloc d'obscurité. Il était auréolé par la luminosité de la neige. Ses muscles prenaient un relief saisissant dans la pénombre. J'enlevai mes gants, mon écharpe et mon manteau sans le quitter des yeux.

Nous nous allongeâmes sur le lit en silence. Je sentis sur ma joue la fraîcheur des draps immaculés. Je la posai sur sa poitrine sans défense, et ses bras vigoureux vinrent aussitôt m'envelopper confortablement. Tout était silencieux, les bruits de la ville et de l'hôpital avaient été entièrement absorbés par la neige. J'avais l'impression que la chambre, détachée du temps et de l'espace, flottait dans le cosmos.

Je me fis toute petite pour essayer de me glisser entièrement entre ses bras. Tout près de mes lèvres se trouvait le renflement de ses muscles souples et veloutés, si beaux sous les gouttes d'eau. Il me semblait que je n'aurais qu'à sortir la langue pour y goûter. Le plus important pour moi cependant, ce n'était pas le contact mais l'enveloppement.

Lorsque je fus entièrement enfermée à l'intérieur de ses muscles, la solitude sensuelle m'apaisa.

... Ce serait tellement bien si je pouvais continuer à vivre ainsi chastement comme une matière inorganique. Si je pouvais rester ainsi avec mon frère, sans que rien ne change, ne se dénature, ni ne se putréfie...

Les souhaits montaient l'un après l'autre. Ils débordèrent sous forme de larmes. Je fermai les yeux et les gouttes roulèrent sur sa poitrine. J'avais chaud, j'étais en sécurité, au calme, la situation était même voluptueuse, et je n'arrivais pas à arrêter ces larmes.

... Serrez-moi encore plus fort. Faites exploser la tumeur de larmes qui s'est cristallisée au fond de moi...

Je pleurais tellement que j'aurais pu fondre tout entière sur sa poitrine. En pleurant, j'avais l'impression d'entendre le bruit cristallin de la neige voltigeant dans le ciel au contact de l'air glacé.

Je ne m'étais pas aperçue que la neige s'était mise lentement à fondre. Un jour que je marchais sur le chemin en pente de l'hôpital, ayant reçu en pleine figure un vent chargé d'une odeur de soleil, je me suis arrêtée soudain, pour constater que la neige s'en était allée. C'était tellement pénible pour moi d'avoir été dépassée aussi rapidement par le climat, que j'ai cherché derrière la boîte aux lettres et dans le caniveau, mais il n'y en avait plus nulle part.

Puis, mon frère est mort au moment où les pétales des fleurs de cerisiers commençaient à voltiger comme des flocons. Il n'avait pas réussi à vivre treize mois. Son corps, à la fin, était comme un objet en verre.

Après l'avoir accompagné, S a quitté l'hôpital pour reprendre la direction de l'orphelinat. Mon frère avait été son dernier patient. Nous ne nous sommes jamais revus. Simplement, quand je pense à mon frère, je me souviens de cette nuit de neige où il me tenait serrée sur son cœur, et je pleure.

# LA DÉSAGRÉGATION DU PAPILLON

Défaire la ceinture du kimono de nuit, glisser le bras entre le dos et le matelas pour soulever le corps, enlever rapidement la ceinture. Ouvrir le kimono, jeter un coup d'œil à la peau pâle et brouillée de Sae. Collée aux côtes fines, elle est tendue comme du papier. Les taches marron clair qui parsèment la peau, de son cou vers la poitrine, sont pulvérulentes tellement elles sont sèches. Son ventre affaissé entre les os du bassin se soulève faiblement à intervalles réguliers. Enlever son kimono de nuit, en le détachant du matelas auquel son corps adhère. La moiteur d'où s'élève l'odeur de ses sécrétions poisse les mains. Le change complet qui apparaît à la moitié inférieure de son corps saute aux yeux. Il est d'une taille exagérée par rapport à la fragilité de ses hanches fines. La ouate de cellulose en double ou triple épaisseur efface la dépression de l'anus. Les deux jambes qui ne savent plus marcher s'étirent, sans force, comme deux tubes de verre creux. Je pose la main sur les hanches de Sae. L'adhésif double face se décolle dans un bruit sec. En même temps s'élève une odeur nauséabonde. L'émanation prend à la gorge. Je roule le change lourd des matières absorbées avant de le jeter dans le seau réservé à cet usage.

Avec un linge humide, j'essuie d'abord le visage. Sae a les yeux entrouverts, les lèvres saillantes. On ne peut pas appeler cela une expression, ce n'est que le résultat de la modification des muscles. Elle a déjà oublié comment faire pour m'envoyer des signaux. Elle a oublié toutes sortes de choses très rapidement. Par exemple, le temps, les noms, l'appétit, la douleur, la parole. Pendant ce temps-là, son corps s'est flétri, s'est recroquevillé comme un fœtus. Elle cherche à retourner quelque part. Dans une mémoire certaine, impossible à décrire comme la sensation du liquide amniotique. Une mémoire qui vous recueille comme la mer quand tout devient lourd à porter. Elle s'apprête à entrer dedans. Et elle abandonne ce dont elle n'a pas besoin. Par exemple la prière, les mots, les larmes, moi.

Des restes de nourriture s'accrochent au duvet qui entoure sa bouche. Si je frotte un peu fort, le duvet tombe en poussière. Sur son cou décharné, la peau roule sous mes doigts. Lorsque la serviette touche la poitrine, instinctivement je frotte moins fort.

Ses seins décharnés s'affaissent sur le côté, entraînés par le poids de la peau. En surface, avec l'humidité de la serviette, ils deviennent imperceptiblement plus brillants. Mais dès que ma main s'arrête ils redeviennent aussitôt blancs et secs. Je les caresse doucement plusieurs fois de suite.

Il reste quelques poils clairsemés à l'extrémité du ventre plat. Derrière se dissimule un sexe inodore et complètement desséché. Ce sexe, symbole de maternité et de désir, qui devrait être humide, est racorni comme du caoutchouc ayant perdu son élasticité. Lorsque Sae, avant de s'affaiblir autant, menait avec moi une vie normale, il ne se passait rien qui aurait pu nous faire sentir la présence de notre sexe. Quand je suis arrivée dans cette maison pour la première fois après avoir été recueillie par Sae, ma grand-mère paternelle, j'étais encore une petite fille semblable à une poupée. Je me suis retrouvée liée à elle, mais j'ai toujours craintivement mesuré la distance qui me séparait d'elle et qui englobait ma mère. Lorsque peu après diverses parties de mon corps ont commencé à présenter des déformations grotesques, j'ai eu très peur qu'elle ne s'en aperçoive. Elle était rigoureuse, réfléchie et réservée comme quelqu'un qui n'a rien à se reprocher. Je voyais son kimono mouler ses cuisses lorsqu'elle était assise, et j'en étais oppressée en pensant à mon propre corps comme à un lourd secret qu'il me fallait porter.

Le carillon a sonné dans l'entrée au moment où je finissais de lui passer un kimono de nuit propre. Elle a eu l'air surpris, a serré fortement les paupières, mais a retrouvé presque aussitôt son regard incertain. J'ai crié d'entrer, puis j'ai entendu le bruit des pantoufles dans le couloir, et Mikoto a fait coulisser la porte.

— Tout est prêt ? a-t-il demandé, accoudé au montant du lit, en regardant le visage de Sae. Son souffle frais du dehors s'est fondu dans l'air confiné de la chambre.

— Oui.

Je me suis redressée, j'ai ouvert en grand les deux panneaux de la porte, et je suis sortie dans le couloir pour ouvrir à son tour largement la porte vitrée donnant sur le jardin. Un vent diaphane s'est glissé à l'intérieur, au niveau de mes pieds. La pâle lumière du soleil s'est éparpillée dans la pièce.

— Grand-mère a dit adieu à tout, ai-je murmuré pour moi seule, toujours debout dans le couloir.

Les deux sacs en papier qui contenaient la vie de Sae formaient dans un coin de la chambre une masse aux contours indistincts. A chaque expiration, sa gorge émettait un drôle de sifflement. Son regard flottait vaguement sans pouvoir se fixer. Lorsque Mikoto lui a caressé les cheveux, elle a levé un bras agité de petits tremblements. La manche de son kimono de nuit a glissé, découvrant son avant-bras.

— Une souris… Il y a une souris, a-t-elle répété en avalant sa salive. Mikoto s'est tourné vers moi avec un petit rire.

— On dirait qu'elle me prend pour une souris.

— Elle les a toujours eues en horreur.

Je me suis assise près de lui pour mettre de l'ordre dans le kimono de nuit.

— Tu crois qu'elle ne m'aime pas non plus ?

— Tu sais bien qu'elle t'aime depuis le premier jour où elle t'a vu. Au point qu'elle est incapable de te détester.

A l'époque, nous étions amoureux, et tandis que nous passions notre temps à boire des canettes de bière dans les cinémas permanents, à nous promener main dans la main dans les supermarchés de l'avenue menant à l'université, ou à faire des commentaires sur les graffitis des murs du métro, Sae s'était retirée dans sa propre réalité. Nous observions bouche bée et l'angoisse au cœur son comportement qui devenait de plus en plus étrange, comme si nous assistions à une pièce de théâtre. Elle se trouvait dans un endroit où nous pouvions la toucher si nous tendions la main, mais, comme au théâtre, notre salive, notre regard, notre transpiration pas plus que notre voix ne pouvaient l'atteindre. Et elle n'a jamais cherché à enlever ses vêtements de scène.

La première excentricité est survenue brutalement. Un soir, alors qu'elle était partie faire des courses, elle en était revenue avec une brassée de cosmos. Au bout des tiges pendaient les racines. L'entrée était constellée de terre humide. Laissant traîner les racines sur le sol, elle avait transporté les cosmos à l'intérieur avant de les lancer dans un large geste des épaules. Les cosmos s'étaient dispersés en l'air avant de retomber lentement sur les tatamis. Le froissement des feuilles avait eu l'accent d'un ricanement. Sans faire attention à son kimono plein de terre, elle s'était assise en silence et s'était mise à déchiqueter les racines.

— Que se passe-t-il ?

Elle était auréolée par la lumière fade et à demi transparente du soleil couchant.

— Qu'est-ce que tu veux faire de tous ces cosmos ?...

Elle serrait les tiges juste au-dessus des racines et tirait de toutes ses forces en gémissant faiblement. La moitié supérieure de son corps tremblait, raide, comme tétanisée. Après avoir accumulé une quantité incroyable d'énergie, absorbée par chaque fibre des tiges, elle a tout lâché. Des petites mottes de terre se sont éparpillées un peu partout.

— Où as-tu laissé ton panier à provisions et ta canne ?

Dans son dos, je la harcelais de toutes les questions qui me venaient à l'esprit. Elle me regardait avec étonnement et, la tête penchée, semblait se demander ce que je faisais là. Je ne voyais ses affaires nulle part, rien de doux, propre ni même ordinaire.

— Où les as-tu laissés ?

Je m'étais agenouillée près d'elle, mon visage était proche du sien. J'avais l'impression que son regard passait à travers moi pour chercher à retrouver le passé. La terre granuleuse s'enfonçait dans mes genoux. Une interrogation qui ne savait pas où se fixer stagnait entre nous. Le bout de ses doigts sentait l'herbe à cause de la sève dont ils portaient la trace. L'expression de son visage qui cherchait une réponse s'est progressivement relâchée en enveloppant le doute de sa propre existence. Elle s'est levée avec un grand soupir pour aller vers le cabinet de toilette. J'ai ramassé les cosmos éparpillés dans toute la pièce en me demandant comment il fallait réagir à cette situation. Ensuite, je me suis dit que c'était peut-être moi qui étais folle. Qui pouvait donc décider que ce n'était pas normal d'arracher une brassée de cosmos ? J'en ai mis dans toute la maison, pour essayer de protéger la normalité de Sae. Ce soir-là, avant de se coucher, elle s'est contentée de dire, sans évoquer les fleurs :

— Ça sent bon, aujourd'hui.

Lorsque j'en ai parlé ensuite à Mikoto, il a ri et a seulement dit :

— Elle est rentrée à la maison avec le cosmos dans les bras.

Mikoto s'est relevé pour m'encourager.

— Allons, dépêchons-nous. Il ne faut pas être en retard.

Il l'a soulevée sans difficulté, un bras glissé sous les genoux, l'autre sous le dos. On pouvait voir les os pointer sous son kimono de nuit. Elle paraissait encore plus petite que la dernière fois qu'elle avait quitté son lit. Je me suis chargée des deux sacs en papier que j'avais préparés. Ils étaient aussi légers que son corps affaibli. Nous l'avons allongée sur la banquette arrière de la voiture, et nous avons choisi un itinéraire peu encombré, sans trop de virages.

Au bout d'une bonne demi-heure, nous nous sommes aperçus que nous nous étions trompés de chemin. Mikoto a approché la voiture du trottoir, a serré le frein à main. J'ai sorti la carte routière de sous le siège, l'ai dépliée.

— Comment s'appelle-t-il déjà, cet établissement ? a-t-il demandé en suivant du bout du doigt le chemin surligné en jaune fluorescent.

— *Le Nouveau Monde*, ai-je répondu sans quitter la carte des yeux.

— C'est un joli nom, je trouve. Ça lui convient parfaitement.

Il a hoché la tête, content de lui.

— Tu crois ? Il me semble un peu exagéré.

— Aussi exagéré que l'endroit où elle s'est réfugiée. On n'y peut rien.

Quand nous parlions de Sae, il le faisait toujours d'une manière détachée et définitive.

— C'est ça qui fait peur. Quelqu'un qui a la même vie que toi et qui, un beau jour, commence à s'en éloigner. Peu à peu, il ne reste plus qu'un corps en face de toi.

Je me retournais sans cesse, préoccupée parce qu'elle était couchée dans un endroit dont elle n'avait pas l'habitude. La couverture glissait bêtement. La voiture était pleine du vague frottement du tissu sur son corps. J'ai entrouvert la vitre, j'avais du mal à respirer.

— Je vivais avec elle, avec pour seules préoccupations un toast du matin qui brûle ou un carreau ébréché dans la salle de bains. Et je crois qu'inconsciemment nous étions l'une pour l'autre garantes de notre propre normalité. La normalité doit toujours être confirmée par quelqu'un d'autre. C'est elle qui, à partir du moment où elle m'a recueillie, a toujours tenu ce rôle pour moi.

— Mais elle a commencé à fuguer. On est bien obligé de s'en séparer, a dit Mikoto en repliant la carte routière.

— J'ai peur d'être obligée de reconnaître son anormalité. C'est ma propre normalité qui est ainsi remise en cause.

J'ai regardé son profil. La courbe de son menton m'apparaissait comme un fruit humide.

— Et c'est pour la protéger que tu as décidé de penser que c'était peut-être toi qui devenais folle ?

Chaque fois que je voyais son menton humide, je pouvais me remémorer la sensation qu'il laissait sur mes paumes. Il arrivait même que cette sensation, descendue au fond de moi où elle restait bloquée, se fît légèrement douloureuse.

— Oui, nous sommes dans une impasse.

— En tout cas, elle va au *Nouveau Monde*.

La voiture a redémarré. J'ai détourné mon regard de son profil, frotté mes mains l'une contre l'autre. En réalité, ma peau était tiède et sèche.

Après avoir traversé plusieurs paysages, nous avons roulé le long d'une rivière à moitié à sec. Çà et là sur les grèves on voyait les touffes jaune terne des verges-d'or géantes. Après avoir laissé derrière nous un ensemble de bâtiments rectangulaires tous orientés dans la même direction, le filet vert d'un terrain d'entraînement de golf et le terre-plein couleur de ciment d'une auto-école, nous avons découvert *Le Nouveau Monde* se dressant à l'abri d'une boucle de la rivière qui venait d'obliquer brusquement sur la gauche. C'était un bâtiment imposant, avec deux ailes symétriques de part et d'autre d'une tour centrale. Ses contours nets se sont incrustés sur ma rétine de telle sorte que j'avais l'illusion que nous pouvions toujours rouler, nous n'y arriverions jamais. Je me suis souvenue du conte pour enfants dans lequel il y avait un magnifique château fantôme que tout le monde pouvait voir mais dont personne ne pouvait s'approcher. Si *Le Nouveau Monde* était une illusion, il ne m'en paraissait pas moins adapté pour y abandonner le corps de Sae.

En gravissant lentement la côte qui menait à la cour s'étendant dans le périmètre délimité par les ailes du bâtiment, nous avons aperçu plusieurs employés en blouse blanche rassemblés devant l'entrée principale, désœuvrés, près du massif de fleurs représentant une horloge. Nos regards s'étant croisés à travers le pare-brise ils se sont alignés sur deux rangs de part et d'autre de l'horloge, tous tournés vers nous dans le plus parfait ensemble. La voiture est venue tranquillement s'arrêter entre eux. Trois infirmières et cinq hommes qui portaient les mêmes sandales nous ont accueillis, un léger sourire aux lèvres. Je fus désorientée par cet accueil aimable auquel je ne m'attendais pas, mais Mikoto, ne paraissant pas autrement surpris, s'est empressé de descendre de voiture. Je l'ai suivi.

Le soleil, déjà haut dans le ciel, éclairait la façade des ailes. La lumière qu'il diffusait augmentait la blancheur des murs et se réverbérait jusque sur le sourire des employés. Un homme maigre et de haute taille, qui semblait le plus âgé, s'est approché, a serré d'abord la main de Mikoto, puis la mienne. Sa main était poisseuse, comme si elle était couverte du pollen de l'horloge fleurie.

— Vous êtes les bienvenus. Je suis le directeur de l'établissement.

Une nappe de lumière floue sur son profil légèrement incliné gommait l'expression de son visage. Seul un sourire blanc ressortait, plaqué comme sur un masque.

— Enchanté.

Mikoto s'est mis facilement à discuter avec eux. Quant à moi, j'ai seulement incliné la tête, car les paroles de salutation restaient bloquées en travers de ma gorge.

Plusieurs bras en blouse blanche ont sorti le corps de Sae de la voiture pour l'allonger sur un chariot.

— Il fait beau aujourd'hui, c'est bien, n'est-ce pas, mamie ?

Une infirmière d'âge mûr avait commencé à lui parler en installant la couverture. Sae, le visage tourné vers cette voix qui ne lui était pas familière, avait repris sa vieille habitude de pointer les lèvres.

— Ma grand-mère ne peut plus parler. Alors… ai-je voulu expliquer, mais elle m'a interrompue d'un :

— Je sais.

Sa réponse, bien qu'assortie d'un sourire, s'est déposée lourdement dans mon cœur où elle a mis du temps à s'effacer. La gentillesse qu'elle mettait dans l'acte de parler normalement avec des vieillards qui ne parlaient plus semblait la satisfaire. La générosité et l'indulgence dont les membres du personnel faisaient preuve en nous accueillant aimablement devant l'horloge fleurie, alors que nous nous apprêtions à nous débarrasser du corps d'un parent, n'étaient peut-être finalement qu'une simple manifestation d'orgueil de leur part ? J'ai essayé de digérer cette supposition.

Tout de suite à droite en entrant il y avait un hall vitré. La lumière qui traversait les rideaux de dentelle aux motifs délicats éclairait la moquette beige. Tout, les tables rondes, les sofas recouverts de toile, les téléphones et les plantes en pots, bien entretenu, était en ordre. De la dizaine de vieillards qui se trouvaient là, aucun n'était sur les sofas, ils étaient tous assis, comme abandonnés çà et là sur le sol, silencieux, fuyant les regards. Personne n'a levé les yeux sur le chariot de Sae. Je me suis demandé si eux aussi avaient commencé par oublier la parole. Avec le silence, le corps de Sae était progressivement devenu une cavité qui maintenant laissait passer le regard de Mikoto et du *Nouveau Monde*.

La porte de l'ascenseur s'est ouverte lentement avec une sonnerie claire. Nous y sommes entrés, nous plaçant autour du chariot.

— A cause des gestes incertains des vieillards, l'ouverture et la fermeture des portes sont plus lentes

La voix du directeur s'est perdue dans le souffle de l ascenseur J'ai hoché vaguement la tête. La boîte blanche du *Nouveau Monde*, pleine de bonnes intentions, venait de se refermer sur moi.

Les deux lits près de la fenêtre étaient les seules choses qui se remarquaient dans la chambre attribuée à Sae Il était évident qu'elle n'avait besoin de rien d'autre.

— Quel lit voulez-vous ? a demandé l'infirmière d'âge mûr, en nous regardant tour à tour, Mikoto et moi.

J'allais répondre que cela nous était égal lorsque Mikoto m'a interrompue pour dire :

— Celui d'où elle peut voir le plus de ciel.

L'infirmière s'est mise à arranger le lit avec dextérité, en parlant d'une voix rieuse et claire. Les draps, légèrement amidonnés, n'avaient pas un pli. Derrière la courbe de la blouse blanche, un ciel d'aquarelle se découpait dans l'encadrement de la fenêtre. Un jeune employé au teint pâle est venu glisser sous le lit un carton rempli de couches. Un lavabo triangulaire complètement sec était installé dans un coin de la chambre.

L'infirmière et les employés se sont retirés un à un en nous saluant. Seul le directeur est resté, qui a sorti des chaises pliantes avant de nous inviter à nous asseoir. Le sol lisse a fait un peu de bruit.

— Lui arrive-t-il de se promener seule ?

Ses doigts osseux tripotaient les papiers d'inscription de son établissement.

— Non, elle ne fait plus rien toute seule, ai-je répondu, sans quitter Sae du regard.

— Ah ? Parce que ici beaucoup de nos pensionnaires sont encore valides. C'est impossible de les laisser sans surveillance. Il y en a même qui transportent leur futon sur le palier pour y dormir. Il y en a aussi qui se mettent à courir en pleine nuit en criant au tremblement de terre.

Je me suis demandé si Sae allait recevoir des soins corrects pour sa démence sénile. Et si tous ses symptômes allaient être répertoriés correctement sur sa fiche.

— C'est que, d'elle-même, elle ne demande jamais à manger.

— Vous lui faisiez prendre tous ses repas ? Ça n'a pas dû être facile.

Sa voix, qui avait toujours le même rythme tranquille, allait se fondre aux quatre coins de la pièce. Il me semblait qu'il y avait déjà bien longtemps que Sae avait porté un aliment à sa bouche pour la dernière fois. Vers le début de l'été, en rentrant de l'université, je ne l'avais pas trouvée, alors que la porte vitrée de la galerie était grande ouverte et la télévision allumée. Je l'avais cherchée jusque dans les toilettes et la machine à laver. Il ne restait qu'un couteau et la peau d'une pêche dans une assiette posée sur la table de la salle à manger. La lame du couteau était poisseuse de jus de fruits. L'odeur douce et lourde m'indisposait. Le brouhaha de la télévision qui parasitait mon oreille m'agaçait. Je l'avais appelée plusieurs fois pour essayer de me calmer, mais ma voix résonnait à vide dans mon corps sans trouver d'endroit où se fixer. J'avais téléphoné à Mikoto pour lui demander d'aller à sa recherche.

Il l'avait ramenée au moment où les rayons du couchant commençaient à recouvrir la végétation du jardin. Un sac de popcorn à la main, elle lui parlait avec vivacité tout en enlevant ses sandales.

— Il n'y a rien à manger dans cette maison. J'avais tellement faim.

Il m'a fait un clin d'œil, a murmuré à mon oreille :

— Elle répète ça depuis tout à l'heure.

Il jouait patiemment son rôle d'accompagnateur.

— Alors, où étiez-vous ? ai-je questionné à la cantonade.

— Elle était assise, toute souriante, dans la salle d'attente du centre hospitalier universitaire, a-t-il répondu.

Elle était en train de dériver hors de notre univers. Sur son kimono, au niveau de la poitrine, s'étalait une tache de jus de pêche.

Ensuite, allant s'asseoir devant la télévision, elle avait ouvert avec énergie son sachet de pop-corn. Le contenu s'était éparpillé en tous sens, dans un froissement de plastique. Elle en avait alors pris un sur le tatami pour le porter à sa bouche. Ce fut la dernière fois qu'elle mangea de sa propre initiative.

— Elle a aussi oublié comment on mange, n'est-ce pas ?

Le directeur de l'établissement, qui s'était levé, la regardait, debout à côté de son lit. Mikoto, les coudes posés sur ses cuisses, s'était voûté.

— Nous ferons le maximum pour nous occuper d'elle.

Le directeur avait doucement croisé les mains au niveau du bassin. On aurait dit qu'il priait. J'ai pensé soudain que si on le soulevait il serait peut-être aussi léger qu'un ange.

Lorsque, après avoir quitté Mikoto, j'ai ouvert la porte, l'intérieur de la maison baignait dans le rouge du couchant. Sae n'était plus là, elle était partie. Tout en me répétant cela, je me suis effondrée en plein milieu du séjour. Son lit, réduit à un simple cadre de bois, était tapi le long du mur. Seule luisait la peinture récente des pièces de bois que Mikoto avait fixées sur le côté pour l'empêcher de tomber. Les draps froissés suivaient la forme du corps de Sae. Ils me semblaient encore tièdes dans les replis, et j'ai tendu la main. La fraîcheur m'a fait frissonner, et j'ai réalisé que la réalité de son absence était en train de se transformer en remise en question de l'endroit où elle se trouvait. Cette interrogation remontait en moi avec tellement de précision que j'avais l'impression qu'il me suffirait de desserrer mes lèvres pour que ma voix s'échappe. N'était-elle pas au *Nouveau Monde* ? ai-je murmuré pour en finir avec cette interrogation. Le ton de ma voix, je ne sais pourquoi, ressemblait à celui de Mikoto. Sae était entrée au *Nouveau Monde* pour sa démence sénile, et je restais là car j'étais saine d'esprit.

Petit à petit, de grosses taches d'ombre commençaient à absorber la tiédeur du soleil. A cette heure-ci, il y avait toujours un moment incertain au cours duquel je ne savais pas si mes paupières étaient baissées ou non. Tout en suivant l'ombre de tout ce qui se trouvait dans la pièce, j'ai énuméré les bases de ma normalité. Tubes fluorescents. réfrigérateur, robinets, miroir à trois faces, seins, sommeil, Mikoto, sang. En plein décompte, je n'ai pas pu contenir mon interrogation précédente, qui n'était peut-être qu'une illusion se reflétant derrière mes paupières, et j'ai dû recommencer mon énumération. Tubes fluorescents, réfrigérateur, robinets, miroir à trois faces, cintres, beurrier, radio. Alors, encore une fois, l'angoisse de ne pas avoir été dans la réalité un moment plus tôt m'a stoppée. J'ai donc été obligée de reprendre de zéro. Seins, sommeil, Mikoto, sang, désir, salive, respiration. Malgré plusieurs interruptions, j'ai réussi à énumérer correctement et sans hésiter les éléments constitutifs de ma normalité.

L'obscurité s'intensifiait doucement et s'apprêtait à absorber le contour des ombres. Tous les bruits, vibrations des trains, cris d'enfants, grincements de pneus sur du gravier et hurlement lancinant de sirène, sédimentaient dans le noir, imbriqués les uns aux autres. Mes bas qui produisaient de l'électricité statique sous ma jupe me picotaient les cuisses. Les tubes fluorescents et le réfrigérateur s'étaient déjà fondus dans la pénombre. La réalité que j'aurais dû voir tout à l'heure encore se trouvait tout entière inversée sur la face interne de mes paupières. Après tout, c'était peut-être vraiment une illusion. J'ai précipitamment cligné des yeux plusieurs fois. Alors, du noir encore plus dense a envahi l'arrière de mes paupières. Ça s'est mis à tanguer au fond de ma tête comme si j'avais le vertige. Puis ce fut au tour de ma normalité de perdre ses contours et de s'en aller à vau-l'eau.

Je me suis relevée en étirant doucement une de mes jambes, raidie d'engourdissement. L'air a tremblé légèrement autour de moi. La tiédeur qui baignait mon corps a disparu d'un coup. J'ai tâtonné le long du mur pour allumer. La pièce s'est remplie d'une lumière agressive. Mes paupieres se sont contractées sous l'effet douloureux de l'éblouissement. Et la pièce a repris des couleurs.

J'ai commencé à sentir le poids de la faim. Quand j'étais avec Mikoto, j'oubliais toujours que je pouvais avoir faim. Jamais il ne proposait de manger. Il m'avait dit un jour qu'il transformait la faim en plaisir dont il se servait pour produire de l'énergie. Mon ventre creux pesait sur les parois internes de mon corps. Le liquide gastrique engluait les muqueuses de mes viscères. Je suis entrée dans la cuisine. Vaisselle qui a légèrement changé de couleur au contact des aliments. Flacons d'aromates tout poisseux d'odeurs absorbées. Pommes de terre ridées, sucre à donner des aigreurs d'estomac. Rien pour dissiper cette lourde sensation de faim. Dans la passoire à déchets triangulaire au coin de l'évier étaient entassés des restes de repas qui se décomposaient. Une odeur nauséabonde stagnait sous forme de gel au fond du sac en plastique. J'ai déplacé mon regard. Mes viscères devaient abriter quelque chose d'encore plus ignoble. Parce que je vivais en mangeant des aliments qui se seraient forcément transformés en déchets si je n'y avais pas touché. C'est ainsi que Sae avait renoncé à manger après avoir mis dans sa bouche un dernier pop-corn. Elle n'avait pas oublié de manger. Elle avait seulement eu peur que les déchets dans ses viscères ne produisent de mauvaises odeurs. Dans ce cas, je ne comprenais plus pourquoi l'on considérait Sae comme anormale et le fait d'avoir de l'appétit comme normal. J'ai quitté la cuisine. Je venais de me rendre compte que ma sensation de faim s'était transformée en nausée.

Un panneau de la cloison qui donnait sur la pièce du fond de trois tatamis était légèrement entrouvert, et je voyais la lumière du séjour entrer par l'ouverture. Sae y avait installé l'autel devant lequel elle se recueillait plusieurs fois par jour. Sa prière est sans doute ce qu'elle a gardé en mémoire le plus longtemps. Petite fille, je lui avais demandé une fois qui se trouvait là... C'est plus un père qu'un tout-puissant sur son nuage. Et qui se fait du souci pour ses enfants. Pourquoi cet enfant-là est-il toujours de mauvaise humeur ? Pourquoi est-ce qu'il ne se rend pas compte de son bonheur ? se demande-t-il tristement. En fait, lui-même n'est pas sauvé. Nous, ses enfants, nous prions avec dévotion pour le sauver. Parce que si nous le sommes, lui l'est aussi...

Devenue muette, lorsqu'elle n'avait plus été capable de se changer, de faire sa toilette et de prendre ses repas seule, elle avait passé encore plus de temps assise là. Tout en priant, assise sur le tatami, genoux serrés, il lui arrivait parfois de s'endormir. Juste à l'endroit visible dans l'entrebâillement des panneaux coulissants. L'endroit où Sae était assise. La lumière qui entrait adoucissait sa silhouette. Son kimono, tendu comme une fine plaque d'acier, moulait ses reins. Le fil de sa prière s'enroulait autour de moi. Son dos courbé m'ignorait. Parce qu'elle voyait toujours ma mère en moi. Parce qu'elle la haïssait. Parce que ma mère, lorsque mon père avait eu une tumeur au cerveau, portait l'enfant d'un autre homme. Sae priait pour se sauver elle-même de la haine qu'elle voyait grossir derrière moi. Parce que si cette haine m'absorbait, la faute se retrouverait prisonnière de ses mains jointes. La forme stricte de sa prière me dissimulait. La surface du saké des offrandes tremblait. Je me réveillais enfant comme un bourgeon qui éclate. J'apercevais dans l'entrebâillement un dos incliné. Il était nimbé de la lumière cotonneuse de l'aube. J'avais oublié que tout à l'heure encore je dormais. Je la regardais en retenant mon souffle, le visage enfoui dans l'oreiller. Les syllabes d'une prière défilaient avec des accents mécaniques. Tac, tac, tac. Les cuisses étaient serrées, les épaules droites. Un étonnement douloureux montait en moi. Etait-ce bien Sae qui se trouvait là ? La tiédeur de mes cuisses collées l'une contre l'autre remontait progressivement vers mon bas-ventre où elle se transformait en une boule de la grosseur d'un poing. Celle-ci générait une vague pesanteur. Je remontais la couette jusqu'au menton et me tordais comme un insecte. J'avais l'impression que le froissement léger ainsi produit, emporté par la secousse de la voix qui priait, était démultiplié, et je me raidissais encore plus. Les muscles de mon bas-ventre étaient douloureusement tendus par l'envie d'uriner. Mais j'étais incapable de quoi que ce fût, à la pensée qu'elle pouvait se retourner si elle se rendait compte que j'étais réveillée. Et je ne pouvais que retenir cette envie qui devenait de plus en plus insistante.

Combien de temps s'était-il écoulé ? La sensation de m'être rendormie les yeux ouverts me réveillait brusquement. Comme tous les jours, le petit-déjeuner était servi sur la table. Et comme tous les jours, elle buvait son thé. C'est alors que j'ai su que notre vie à deux commençait toujours par cette prière.

Les vitres ont vibré. Pourquoi cette raréfaction de l'air enfermé dans le silence alors qu'il s'agissait seulement de la disparition de quelqu'un qui n'avait déjà plus de mots ni de mobilité ? L'endroit où Sae s'était trouvée avait été découpé comme dans du carton, laissant un vide à la place. La silhouette en prière que j'apercevais dans l'embrasure de la porte coulissante se détachait feuille après feuille. La forme de

Sae y était toujours identique, tandis que moi j'étais différente à chaque feuille. Moi en jupe à bretelles rouge. Moi et ma poitrine pointant timidement à travers mon T-shirt. Moi ayant de la température et vomissant du sang.

Mes cheveux frissonnent. C'est la respiration de Mikoto qui les effleure. Il soutient de son bras la moitié supérieure de mon corps incliné. Ses doigts lissent mes cheveux bouclés. Un grincement se produit au bout de mon épaule. Son souffle moite tiédit ma joue. Son poids est comme du courant électrique sur mon bras. Encore un peu plus, un peu plus et je m'effondre. Cette sensation d'engourdissement se prolonge. Quand ne me soutiendra-t-il plus ? C'est ce que je me demande en attendant qu'il veuille bien repousser cette force qui est la mienne. Sae tousse discrètement dans la pièce de trois tatamis. Comme si c'était un signe, le plafond tremble et un torse épais vient obstruer ma respiration. La fraîcheur du tatami se propage dans mon dos à travers les mailles de mon sweater.

— Mais elle…

Je tourne mon regard vers l'entrebâillement de la cloison. Sae, prosternée, les mains jointes devant ses genoux, a le front posé dessus. Elle flotte entre la prière et le sommeil.

— Elle n'est pas au même endroit que nous, dit Mikoto qui referme la cloison du bout de sa jambe tendue. Elle n'est pas là, elle n'est pas là. Il lèche mon murmure.

— Qui est vraiment réel, elle ou nous ?

La langue de l'autre est toujours molle comme du beurre.

— Personne ne peut le dire.

Sa voix apporte l'odeur de beurre à mes narines.

— C'est vrai, c'est bien vrai.

Son poignet flotte à hauteur de mes hanches. Ma peau fait une bosse à cet endroit-là. Mes organes internes, poussiéreux comme un plumage, se dévoilent. Je me tortille pour essayer de voir à l'intérieur. Mais je n'y aperçois que l'étendue de peau opaque qui m'est familière. Sae a une nouvelle toux étouffée. La vibration de sa gorge se prolonge dans le murmure de sa prière. Son poids se transforme en une fine membrane qui m'enveloppe. Çà et là nos deux corps se frottent, générant de petites taches de chaleur. Un ongle pointu s'enfonce dans mon sein. Les taches de chaleur se mettent à tournoyer, et le sang afflue à l'intérieur de mon corps. Je plonge ma langue entre ses côtes. Je sens un goût amer, végétal. J'aperçois son menton humide. Une sensation d'aspiration descend avec la salive le long de ma gorge, lèche mes poumons, s'arrête au fond de mon ventre. Cette sensation descend plusieurs fois, oui, plusieurs fois, elle se concentre, puis devient lancinante et reflue vers mon ventre. Nos hanches s'entrechoquent dans un bruit mat. Ses muqueuses aspirent soigneusement la chaleur de mon corps. Je m'efforce d'orienter vers l'intérieur de moi mes nerfs qui menacent de voler en éclats contre la cloison. Je ne peux m'empêcher d'imaginer Sae, accroupie devant l'autel, qui se relève soudain.

— Ne t'inquiète pas.

Ses lèvres remuent. Je hoche la tête en fermant les yeux. L'image de Sae est imprimée sur ma rétine. Elle se retourne Je contracte mes paupières encore plus. La lumière se colore subitement. Il me coupe et me recoupe en tranches.

Une feuille de la forme de Sae a encore été enlevée. Il reste une profonde cavité. Si seulement un soleil matinal aussi léger qu'un rire d'enfant pouvait remplir ce vide. J'ai bouchonné les draps et les taies d'oreiller du lit, les ai mis dans la machine à laver, ai plié le futon et la couette pour les ranger dans le placard Le fond du lit dépouillé était recouvert comme d'une croûte de transpiration. Je me suis demandé quelle quantité de sueur Sae avait sécrétée pendant tout le temps où elle était restée là J'avais eu beau inlassablement l'en débarrasser, elle en avait toujours plus en réserve. Et il en restait des fragments. J'ai sorti l'aspirateur, je l'ai branché. Le bourdonnement du moteur a troué le silence. J'avais l'impression que je pourrais frotter autant de fois qu'il le fallait, je n'arriverais jamais à enlever ses sécrétions incrustées dans les rainures du contreplaqué. Le regard fixe, dans ce bruit déplaisant, j'ai continué.

La première chose qui me frappait dans la pièce quand je sortais du sommeil, c'était le calendrier ; cinq jours après être allée au *Nouveau Monde*, j'en repérais très vite les chiffres. Peu à peu, les couleurs, les odeurs et les choses que Sae avait laissées commençaient à disparaître. Il avait suffi de cinq jours à peine pour que change cette maison où nous avions vécu toutes les deux après la mort de mon père, lorsque, ayant refusé la main de Sae, j'y étais entrée craintivement en mordillant l'oreille de ma peluche. Seule, je suis incapable de faire un geste dans cette maison où l'on m'a conduite.

Je tends la main vers le réveil. Mes yeux s'ouvrent toujours à la même heure, même si l'on m'a dit que je pouvais dormir autant que je voulais. En tendant cette même main un peu plus vers le haut, j'ouvre le rideau. Le rail, en se bloquant çà et là, émet un faible bruit. La couleur foncée du tissu disparaît sur la largeur de l'ouverture, pour laisser pénétrer une lumière incolore. Je vois en biais le petit jardin public se découper dans le cadre de la fenêtre. Une feuille de papier journal froissée est abandonnée au pied d'un banc rouillé. A l'entrée du jardin sommeillent les sacs-poubelles sortis la veille au soir.

Un air frais et transparent glisse le long de ma nuque. Je rentre le cou dans mes épaules. L'intérieur de mon corps, séparé des sensations éprouvées par ma peau, est chaud des liquides accumulés au cours de la nuit. Je m'enfonce encore plus profondément sous la couette, afin de ne pas laisser échapper cette chaleur. Soudain, je réalise que je suis en train de rêver. Une femme maigre, aux longs cheveux, se tient debout, un bébé en pleurs dans les bras. Le bébé, vêtu de bleu ciel, les yeux grands ouverts, me regarde en riant comme s'il venait de trouver quelque chose de très intéressant. Il a les mêmes cheveux frisés que moi. Un voile de brume laiteuse recouvre le visage de la femme. Je le sais. Que cette femme est ma mère. Et que je ne dois pas voir son visage. Seules ses jambes, comme deux longues branches pointant hors de la jupe épaisse, se détachent nettement au coin de mon œil. Le bébé continue de pleurer sans bruit. Chaque fois qu'il agite ses bras et ses jambes d'une manière désordonnée, son vêtement en tissu éponge s'allonge ou se rétrécit en souplesse. Pourquoi suis-je capable de le regarder ainsi en face ? Je suis certaine de ne l'avoir jamais vu. Lui. Oui, mon petit frère.

Mon petit frère qui n'a pas le même père. Mais puisque nous avons flotté dans le liquide amniotique du même ventre, nous devons certainement avoir des souvenirs identiques, même si ceux-ci ne peuvent absolument pas remonter à la mémoire. Le bébé s'est détaché des bras qui le portaient pour flotter comme de la barbe à papa. Elle, son expression toujours voilée, a reculé tout droit. Ses jambes qui s'affinent de plus en plus ont fini par disparaître après s'être étirées comme des fils. Le bébé s'est recroquevillé au point que le bout de ses ongles est venu toucher sa tête, et il oscille, son dos formant un demicercle. Suivre le mouvement des yeux me donne mal à la tête, j'ai l'impression d'avoir des indurations derrière mes sourcils. Il continue à osciller. Il est pris dans les bras d'un flux puissant. Mon mal de tête augmente. Le vêtement de bébé bleu ciel se dissoud, teintant légèrement le courant. Mon mal de tête arrive à son maximum, se transforme en nausée qui me soulève l'estomac. C'est insupportable, je tends les bras vers lui. Mes mains se heurtent à l'écoulement lourd. C'est chaud. De la même chaleur que mon sang. Sa peau est humide comme la chair d'un fruit. C'est la mer matricielle. Il se glisse dans mes bras, se flétrit sans bruit. Il ne reste plus qu'une sensation identique à celle que l'on a au fond de la gorge après avoir avalé quelque chose de gluant.

Et le rêve s'interrompt au moment ou j'allais lui demander : "Tu es mon frère ?"

Je pense que ce serait bien s'il s'agissait vraiment de mon frère. Je jette un nouveau coup d'œil au calendrier. Ça fait cinq jours que Sae n'est plus là. Non, c'est faux. Je me dis que je dois aussi compter les autres jours. Les autres jours ? Mon autre moi fait semblant de ne pas comprendre. Il n'y en a pas d'autres. Je me force à quitter le calendrier des yeux pour me plonger dans ma chaleur. Aurais-je avalé le bébé ? J'en ai vraiment la sensation. Vers là. J'appuie à la naissance de ma gorge. Il glisse sous mes doigts comme une amibe et se dirige vers ma poitrine. Ici aussi. Cette fois-ci, j'appuie entre mes seins. Il descend en se faufilant entre mes côtes. Il est là, maintenant. C'est là qu'il s'arrête finalement, à la graisse blanche de mon bas-ventre. Toutes les sensations se retrouvent là. Je glisse la main sous mon pyjama, essaie d'enfoncer mes doigts dans cette graisse. La paroi de mon ventre fait un demi-tour. Elle a eu sous mes doigts une réaction si brusque que je n'ai pas l'impression qu'il s'agisse de mes propres forces. Une simple morsure ne pourrait rien arracher à cet endroit. Elle laisserait sur la langue une trace insipide comme lorsqu'on mâche une éponge. J'essaie d'enfoncer mes doigts encore plus. Cette paroi sensible de mon ventre se détache si nettement que je pourrais la saisir. Instinctivement, il se contracte encore plus. Je retire brusquement ma main. Il ne faut pas. Si par hasard il abritait une goutte de vie douce et fragile, qui aurait son propre esprit… Je ne peux déjà plus ignorer cette hypothèse.

J'ai quitté mon futon, me suis mise debout. Je me sentais faible, un frisson m'a parcourue. Sans y prendre garde, j'ai commencé à enlever mon pyjama. Un vagabond est venu s'asseoir à mon insu sur le banc sous la fenêtre. Il lit en le défroissant le journal de tout à l'heure. Je tire brusquement le rideau. Sa couleur foncée envahit la pièce qui retourne à la nuit incertaine. Le pyjama glisse et tombe facilement. La psyché me reflète en entier.

Pourquoi l'impression est-elle si différente lorsque je me regarde de toute ma hauteur au lieu de voir mon reflet à plat dans la glace ? Comparée à l'image directe, celle-ci est plus faible, menue, osseuse. Maintenant que je suis debout, la graisse de mon bas-ventre, qui luttait tout à l'heure encore de toute son épaisseur, a perdu son élasticité sous l'effet de la tension provoquée par les os du bassin. Ma poitrine est bien plus fraîche que celle de Sae, mais c'est uniquement dû à la vigueur de la jeunesse. En me regardant ainsi, je ne trouve rien de changé. N'est-ce pas normal ? Je ris de ma naïveté. L'endroit qui est le plus présent à mon esprit est en même temps celui que je ne peux absolument pas voir. Je voudrais plonger mon regard dans cet endroit sans doute entouré de chair humide et gorgée de sang. Je ne supporterai pas longtemps la peur de l'incertitude. J'ai poussé un grand soupir avant de m'asseoir.

Le téléphone a sonné à ce moment-là. J'ai seulement pris la chemise pliée qui se trouvait sous mon lit avant de descendre l'escalier. Les marches noires et luisantes adhèrent à mes pieds nus. Mikoto est le seul à savoir l'heure à laquelle je me réveille, pour me téléphoner ainsi. Puisque je le sais, je prends mon temps avant de décrocher.

— Alors, comment ça se passe, cette vie toute seule ?

— Hum, je ne peux pas t'expliquer ça en quelques mots.

— J'avais peur que tu ne sombres dans la mélancolie.

— Non. C'est seulement que je ne suis pas encore habituée.

— Tu as raison. C'est important de s'habituer. Il faut que tu te fasses petit à petit à toutes sortes de choses. A son absence, à vivre seule, au *Nouveau Monde*...

— Hum. Merci, ai-je dit sans trop savoir à propos de quoi je le remerciais.

— Tu ne veux pas qu'on aille marcher un peu ?

C'était ce que nous disions pour désigner nos rencontres. En réalité, Mikoto aimait beaucoup cela et nous passions toujours beaucoup de temps ensemble à marcher dans les rues.

— OK, bien sûr.

— Bon, alors au métro comme d'habitude.

J'ai raccroché la première pour ne pas avoir à entendre la tonalité. Le calme est revenu, encore plus profond qu'avant.

Du courant d'air qui sort du métro, tiède et tourbillonnant, monte une vague odeur d'huile de vidange. Le flux et le reflux des jambes dans les escaliers est ininterrompu. Aucune de ces jambes ne progresse en ligne droite. Elles font toutes des méandres pour se faufiler en s'évitant les unes les autres. Personne ne me voit. Personne n'entre en moi. Alors que j'abrite une mer aussi subtile, douce et fraîche. Pour eux, je ne suis qu'une ligne qui ondule. Je veux rester ainsi pour toujours. Je voudrais devenir un simple contour. Je voudrais jeter tout ce qui se trouve en moi. Les souhaits montent, m'étouffent. Un courant d'air fait voltiger une jupe. Elle découvre des mollets vraiment mûrs, que ni moi ni Sae ni même lui n'avons. Une jeune femme comme moi. Ses talons hauts frappent le sol. Ce bruit de talons que je ne devrais pas entendre, avalé par les klaxons mêlés à la musique d'ambiance s'écoulant des magasins et aux voix des gens, se répercute dans mes tympans, troublant ma vision. Je n'arrive pas à distinguer les talons de cette jeune femme, blancs comme s'ils n'étaient pas irrigués de vaisseaux sanguins. Le bruit de pas, sec, se précise peu à peu. Je suis de plus en plus attirée vers l'intérieur. Je vais m'affaisser à la limite de mes cinq sens. Que se passerait-il si je courais derrière cette femme aux mollets rebondis pour lui demander : "Vous est-il arrivé d'être enceinte ?" Comme lorsque, écolière, ayant oublié quelque chose, je cherchais autour de moi s'il n'y avait pas un autre enfant ayant fait le même oubli.

Dans l'après-midi, tout en ville est clair. D'une clarté riante. Les tubes des néons, les selles des bicyclettes, les robinets des fontaines publiques. Mais le rire n'est pas du tout joyeux. Il est méchant, bruyant, sans nuances. Un homme en veston se cogne contre mon épaule. La moitié de mon corps se tord d'une manière peu naturelle. Je pense que si Mikoto était là il se tournerait vers l'homme pour lui faire une réflexion, avant de me prendre par l'épaule dans un geste protecteur. Il n'arrive toujours pas. Les chiffres de la pendule digitale encastrée dans le mur du bâtiment changent dans un déclic. Les voitures en file indienne s'accrochent à l'asphalte comme des coléoptères. Il me semble que tout ce qui bouge dans mon champ de vision n'avance pas à la bonne vitesse. J'ai l'impression de voir un crayon tourbillonner à l'intérieur d'une bande dessinée. La ville semble évoluer à toute allure, mais en réalité elle n'a peut-être pas vraiment changé.

Trois collégiennes lèchent des glaces. Elles récupèrent avec la langue le sucre collé à leurs doigts. Ont-elles des réserves de graisse douceâtre sous leur jupe d'uniforme ? L'une d'elles, sa glace dans une main, essaie de l'autre de ranger son porte-monnaie dans son cartable. Sa main penche, la boule de glace tombe du cornet. Elles éclatent de rire toutes ensemble. Les uniformes bleu marine tremblent. La jeune fille, poussée par les deux autres, prend un mouchoir en papier pour ramasser la crème glacée, comme une fleur blanche sur l'asphalte. Elles n'en finissent pas de laisser échapper les rires qu'elles n'arrivent pas à retenir.

Les plis des jupes de leur uniforme, le mince cartable et les chaussures de cuir ont été lentement absorbés par le flot de la foule. C'est de moi que l'on rit. Maintenant que nous avons envoyé au *Nouveau Monde* une Sae enfermée dans son intime réalité, c'est en moi cette fois-ci qu'une autre réalité tente de grandir. Une énergie extérieure à moi me pousse inéluctablement vers un endroit indépendant de ma volonté. C'est bizarre, il n'y a rien à faire. Mais, d'un autre côté, je suis surprise de la certitude que j'ai de l'évolution de mon corps. Je répète, dans un murmure : ce serait une illusion ?

Est-ce que c'est ça avoir le mal des gens ? Le mélange de leur haleine, lourd, flotte à hauteur de mes narines. L'heure du rendez-vous arrive. Je cherche une expression particulière au milieu de celles qui ne me disent rien. Mon regard hésite. Mon champ de vision est plein de gens. Je suis tout de suite fatiguée. Je pense que cette fatigue ne doit pas me rendre nauséeuse, et je ferme lentement les yeux. Mes autres sens se font d'autant plus aigus que je ne vois plus, et je ressens jusque dans les moindres détails la présence d'autrui. Mon malaise arrive à saturation. C'est insupportable, j'ouvre les yeux et je vois Mikoto qui gravit l'escalier en courant.

— Je t'ai fait attendre ?

J'ai secoué la tête, en éprouvant un soulagement comme si je venais enfin d'être libérée de moi-même. Je me suis mise à marcher, soutenue par son bras qu'il a glissé dans mon dos.

— J'étais inquiet, tu sais, vraiment.

Son épais menton était toujours humide.

— Pourquoi ?

— Je pensais que tu regrettais d'avoir confié Sae au *Nouveau Monde*. Parce que tu as rechigné jusqu'au bout.

Dès que nous nous sommes mis à marcher tous les deux, la vague humaine qui m'oppressait tout à l'heure encore a commencé à se retirer.

— Ne t'inquiète pas. Nous avons fait tout ce que nous pouvions, ai-je répondu en regardant les bouts noires qu'il avait toujours aux pieds.

— Tu ne te laisses pas aller à la culpabilité, hein ?

La pression de sa main dans mon dos s'était faite plus forte Mes pensées concernant le vide la ssé par Sae étaient d'une autre nature que le regret ou la culpabilité, mais je crois qu'elles pesaient à peu près autant. Je doutais de ma réalité après cette traversée de la démence. Je me demandais avec angoisse si je n'étais pas restée enfermée dans cette maison parce que je n'étais pas normale. D'autant plus qu'une autre vie que la mienne palpitait peut-être au plus profond de moi. Je ne savais pas très bien comment expliquer toutes ces choses à Mikoto.

— Il m'arrive de me demander où elle est partie exactement. J'ai beau me dire qu'elle est au *Nouveau Monde*, je me pose sans cesse la question.

Le rythme de nos pas se brisait par moments, lorsque nous tentions d'éviter les portants et les gondoles des boutiques qui envahissaient le trottoir.

— C'est elle qui est partie, et je ne suis pas sûre que ce qui reste, c'est-à-dire l'endroit où je me trouve, soit vraiment la vraie réalité. C'est pour ça que je répète toujours la même chose sans me lasser, tu vois.

Il a acquiescé. Il a suivi des yeux les boucles de cheveux sur mon front comme s'il voulait les démêler. Il a défait du bout de ses doigts épais un bouton de sa veste. Nos vêtements s'effleuraient de temps en temps. Chaque fois, je pense à ses cuisses fermes, ses ongles nacrés, ses avant-bras solides comme des troncs. Chaque partie de lui, même la plus infime, a une expression particulière.

— Mais peut-être que toi… et il a continué après avoir réfléchi quelques instants, pour moi c'est la même chose, parce que nous sommes en situation d'attente. Nous remettons à plus tard ce qui nous concerne. C'est pour ça que nous n'avons aucune certitude pour l'instant. Mais c'est justement cette incertitude qui est agréable.

La sonnerie monotone de la séance de cinéma est passée entre nous. Je tends l'oreille à ce qu'il dit. Les spectateurs du film précédent sortent du sous-sol en silence. Ils ont tous la tête baissée, comme s'ils voulaient protéger de la lumière leurs yeux fatigués, et nous nous mêlons à la foule.

— Cela me satisfait, moi aussi, cette situation d'attente.

C'est vrai. Il vit actuellement en écrivant des poèmes, mais, plus que pour vivre, gagner de l'argent en travaillant lui sert plutôt à m'offrir des cadeaux d'anniversaire.

— Et puis…

Il réfléchit toujours en parlant.

— Je me demande où se situe la vraie réalité. Comme tu le dis, nous l'avons arrachée au temps, aux sensations et aux idées que nous croyons vrais, pour l'isoler au *Nouveau Monde*. Et peut-être que ce en quoi nous croyons se trouve au sein d'une illusion encore plus grande. Quand elle a arraché une énorme brassée de cosmos pour l'éparpiller dans la maison, tu avais tellement peur de reconnaître son anormalité que tu as cru que c'était toi qui étais folle, pas vrai ? La limite entre le normal et l'anormal, le réel et l'irréel, est tellement floue que personne ne peut en décider.

Une odeur de ketchup, viande frite et boisson gazeuse mêlés arrive de la boutique de hamburgers. Deux couples sont en train de manger, accoudés au comptoir donnant sur le trottoir. Tous les quatre, l'un après l'autre, font glisser leur petit pain et appuient sur un tube jaune pour faire sortir de la moutarde. Un gobelet en carton que quelqu'un a jeté vient rouler aux pieds de Mikoto. Ses boots noires le repoussent, en faisant attention à ne pas l'écraser. Une banderole rouge sur laquelle sont inscrits les mots “Promotion sur les articles de luxe” flotte sur le mur d'un grand magasin.

— Tu as raison. Je pense la même chose que toi.

Un étranger qui vend des bijoux fantaisie bon marché sur une toile sous le pont du passage piétonnier s'étire en bâillant.

Peut-être que marcher ainsi avec Mikoto s'inscrit dans une illusion encore plus grande.

Il parle de l'autre côté de moi. Je veux trouver la faille entre ses paroles et le silence. Et lorsque l'un de nous deux essaie de dire la vérité, nous n'arrivons pas à trouver les mots, comme s'ils étaient pris dans les glaces. Comme si, après avoir marché dans la tempête hivernale, nous arrivions enfin à trouver un café, alors nous échangerions sans doute un sourire rassuré. Ensuite, moi, ou lui, nous discernerions derrière le soulagement la solitude, la misère et la honte. Alors qu'il n'y en a peut-être pas. Et nous nous préoccuperions l'un de l'autre. Nous nous demanderions si l'autre voit la solitude, la misère et la honte.

Peut-être que le monde d'une température différente qui enfle silencieusement à l'intérieur de moi n'appartient pas à la vraie réalité. Sae qui se trouve au *Nouveau Monde* serait normale, tandis que moi qui suis là je serais peut-être en train de devenir folle ? Cet extrait de vivant qui palpite, où coule un sang épais, est l'endroit le plus secret de mon corps en même temps qu'il est situé au plus profond. Il est tellement loin au centre de mon corps que l'on pourrait bien y fouiller avec une vrille, et ce ne serait sans doute même pas douloureux.

— Ne pas être fixés sur notre sort nous désoriente parfois complètement, comme si nous tombions dans un trou d'air.

Quand il parle, je perçois même ses bruits de langue et de salive. Je lui demande, un peu vite comme si je voulais imiter son rythme agréable :

— Quand est-ce que tu ressens ça ?

— Je vais te raconter ce qui m'est arrivé une fois. J'étais assis sur mon rocking-chair en train d'écrire un poème lorsque je ne sais pas par quel hasard je suis tombé, me cognant la tête contre le cendrier. J'ai regardé le rocking-chair qui continuait à se balancer, tout en frottant mon crâne endolori qui vibrait comme si je venais de recevoir une décharge électrique, et je m'y suis vu assis, mon cahier sur mes genoux, en train d'écrire mon poème. Je me suis remis dans la forme de mon "moi" resté correctement assis, en riant, étonné d'être ainsi tombé de ma chaise.

— Comme dans un puzzle alors ?

— Exactement, a-t-il approuvé distraitement.

— Mais ce n'était pas parce que tu voulais camoufler ton échec ? ai-je questionné en rapprochant mon regard de son profil.

— Et quand bien même ce le serait ? Je suis libre de croire le "moi" que je veux, m'a-t-il répondu en souriant.

Je voudrais retourner ce qui se trouve au bout de la vrille comme on retourne une chaussette. Je voudrais exposer à l'air libre tous les replis de la paroi. Alors, je pourrais observer les pulsations du fœtus qui flotte sur la mer lourde de la même façon que Mikoto s'est vu tomber de son rocking-chair avec son cendrier. Je pourrais sans doute le regarder avec des yeux étonnés de petite fille, le menton dans la paume de la main, accoudée comme pour manger un hamburger.

Nous faisons des tours et des détours entre les buildings pour nous distraire. Derrière, le béton retient la lumière qui flotte sur les vitres en façade. Les rues à l'écart du centre sont toujours mouillées. L'eau qui s'écoule des cuisines des restaurants transporte des écailles de poisson et des trognons de chou. Du papier journal troué de griffures de chat est abandonné dans l'entrée de l'animalerie. Mikoto se reflète dans le rétroviseur d'une moto. Il enlève ses lunettes rondes à monture noire et les range dans sa poche.

— Tu as mal aux yeux ?

— Non. Ce n'est pas ça.

Il arrive que je ne puisse pas me détacher d'un simple mot. Je tends l'oreille, immobile, pour aspirer ses paroles. A chaque expiration, mon silence descend le long de ma poitrine. Je dois trouver les mots qui ouvrent son cœur. Il ne me voit pas. Un autre que lui se reflète dans le rétroviseur. Je m'oppose au silence de toute la force de mon bas-ventre. La sensation flasque à l'intérieur se rétracte une première fois avant de se recroqueviller lentement... Pourquoi ?... Je lance un regard interrogateur au Mikoto du rétroviseur. Il s'approche d'un petit garçon de trois ans appuyé, seul, à un poteau électrique. L'intervalle entre les deux s'ouvre un peu. Les replis muqueux se détendent, tout s'assouplit en moi. Il se penche, les mains posées sur ses genoux, regarde l'enfant.

— Perdu ?

Le garçon, intimidé, baisse la tête. Un courant d'air glacé arrive, la muqueuse se rétracte brusquement. En même temps, les sensations accumulées s'éloignent. Il sort ses lunettes de sa poche, essaie de les mettre sur le nez de l'enfant. Elles sont nettement trop grandes, lui tombent sur les lèvres. L'enfant, surpris, se crispe. Ça l'amuse, il éclate de rire. Le dépôt du liquide entre les replis se dessèche et tombe en poussière. L'autre pulsation qui devrait résonner lourdement dans le liquide amniotique se change en bruit sec comme si on tapait sur du fer-blanc. Mon intérieur perd son eau et son épaisseur, et se détache peu à peu de moi.

— Maman ?

L'enfant désigne une direction incertaine. Les lunettes glissent et tombent. Mikoto les rattrape de justesse et les remet dans sa poche. Je suis retournée. Je n'ai plus d'intérieur. Je me demande ce qui, de moi ou de mon intérieur, est la vraie réalité… Je suis libre de croire le "moi" que je veux… J'essaie de répéter ce qu'il a dit. Jusqu'où as-tu l'intention de grandir ? Pour l'instant tu es encore recroquevillé comme une chenille, mais je me demande quelle quantité de volonté est enfermée dans ce solide morceau de chair ? Le liquide, sirupeux, est-il sucré ? Une jeune femme en jean et sandales s'approche derrière Mikoto. Elle pose ses mains de chaque côté de l'enfant, le soulève fermement, et disparaît ainsi d'un pas rapide. Mikoto se redresse. Il me semble absolument incroyable qu'une partie de moi puisse prendre corps dans le temps, la parole, l'appétit ou les soupirs de quelqu'un extérieur à moi. Tu n'es pas la vraie réalité, n'est-ce pas ? Parce que, jusqu'à présent, j'ai décoré ma mémoire de toutes sortes d'éléments empruntés à la réalité, comme un livre d'images. Que ce soit le dos de ma mère sortant de la cuisine avec son sac de voyage, la blancheur du tissu dont Sae a recouvert le visage de mon père, la confusion éprouvée lorsqu'un élève plus âgé m'a donné une lettre sous une pluie de chatons de bouleaux, l'oppression ressentie la première fois que Mikoto m'a adressé la parole. Tout cela se chevauche confusément, comme des souvenirs d'avant ma naissance. La température de nature différente que tu essaies de m'imposer et le sang refluant petit à petit font partie de ces souvenirs, tu sais.

— Tu crois qu'elle était en colère contre moi ?

Mikoto s'est retourné. Son écharpe est entortillée autour de son cou. La courbe de son menton ressort, moite. Mon intérieur commence à se remettre lentement. Les parois musculaires se contractent, les replis se reforment, les muqueuses retrouvent leur humidité, ma courbe intérieure se referme.

— Mais non, ai-je dit, concentrée sur le poids de mon utérus qui vient de se refermer.

— Ça me blesse de voir quelqu'un se mettre en colère.

J'acquiesce en silence. Je me demande pourquoi il ne s'aperçoit pas que j'ai changé. Nos fines tubulures sont pourtant entrées en contact. Sa salive a pourtant fait le tour de mon bas-ventre. Dès qu'il s'éloigne, sa peau oublie toute sensibilité, alors qu'une chaleur intense stagne indéfiniment en moi.

Nous contournons la fontaine dont l'eau est tarie, suivons le chemin pavé qui monte légèrement. Des cafés se succèdent sans discontinuer de chaque côté. Du charbon de bois pour les brochettes de yakitori ont roulé. Une banderole imbibée de graisse pend. Une odeur d'alcool, lourde, imprègne tout. En haut de la côte qui n'en finit pas s'ouvre l'avenue, aussi lumineuse que tout à l'heure.

La foule jaillit des galeries souterraines, des cafés et des grands magasins. La porte automatique d'un marchand de disques s'ouvre, une musique pop familière s'en échappe, elle se referme aussitôt. A côté, une galerie d'art tout en longueur, où il n'y a personne, comme si là seulement il n'y avait pas d'air. Un souffle lourd, qui monte du sol comme ça n'existe qu'en ville, vient mettre du désordre dans les cheveux de Mikoto. Il n'y prête pas attention, comme un enfant, et lorsqu'il trouve quelque chose d'intéressant il s'arrête où bon lui semble pour regarder. Des affiches pour une pièce de théâtre qui n'est plus d'actualité, des tasses à café décorées de vagues, les pommes de terre en plastique exposées à l'entrée d'un restaurant.

— Tu ne trouves pas que c'est amusant ?

— Mais oui, c'est amusant.

Je ne le contredis jamais.

Je me rends compte que je suis en train de croiser des femmes enceintes, à intervalles réguliers. Ces femmes qui, en réalité, devraient échapper au réseau de ma conscience visuelle, sont retenues dans un coin de mon champ de vision. Elles laissent sans complexes pointer leur ventre anormalement gros. On dirait même qu'elles en sont presque fières. Est-ce que j'abrite moi aussi le germe d'une telle déformation physique ? Je pose la main sur mon ventre à travers ma jupe. Il est incontestablement bien réel qu'une autre vie grandit en elles. Il leur suffit de croire en leur ventre gonflé. Mon bébé n'a pas de jambes. Pas de langue non plus, ni cils, ni côtes. Je n'ai pas la normalité nécessaire pour prendre un bébé dans mes bras.

— Dis, j'ai soif.

Je regarde Mikoto, je suis fatiguée de marcher.

— Qu'est-ce que tu veux ? Une bière ? Un Coca ?

Nous nous sommes arrêtés, et nous nous faisons face. Le flot des passants dessine un ovale autour de nous.

Je lui réponds aussitôt :

— Un jus de légumes.

— OK.

Il enjambe le garde-fou, se faufile entre les voitures pressées les unes contre les autres, arrive de l'autre côté. Devant le distributeur automatique, il sort des pièces de sa poche. A mon tour, en faisant attention à l'ourlet de ma jupe, je passe par-dessus le garde-fou et je l'attends sur la chaussée. Une canette dans chaque main, il revient en courant et en se faufilant entre les voitures comme à l'aller.

— Tiens.

Il me tend brusquement l'une des canettes. Elle oscille sur ma paume, agréablement lourde. Nous nous appuyons l'un à côté de l'autre sur le garde-fou. Une sensation dure et froide se transmet à mes jambes. Il boit une bière. Depuis tout à l'heure, il me semble que la canette se découpe de moins en moins nettement sur le ciel. Le ciel s'assombrit en entrant en contact avec la ville. Je bois une gorgée de jus de légumes. Les fibres sont râpeuses sur ma langue.

— J'ai écrit un nouveau poème, tu sais.

Son élocution est brouillée.

— C'est comment, cette fois ?

Le feu a changé, la file de voitures se met à avancer lentement.

— Il est très long. Il y a des tas de bruits que mon "moi" ne peut pas ignorer dans la ville où il se trouve. Certains sont formés à partir de l'alphabet, d'autres sont indirects, d'autres encore sautent ou s'ennuient, enfin tu vois. Mon "moi" se promène en ville à leur recherche. Il entend des pommes tomber dans le supermarché, quelqu'un triturer le talon de son ticket au cinéma, les mots ricaner dans une grande librairie.

Une voiture sort de la file, glisse devant nous et s'arrête. On aperçoit un jeune couple de dos.

— A un moment, mon "moi" se rend à une soirée. Là aussi il y a toutes sortes de bruits. Les bouchons de champagne qui sautent. Les obturateurs qui crépitent. Les éclaboussures qui jaillissent de la piscine. Le caviar qu'on écrase. Mais tous les bruits sont différents. Aucun n'est celui que mon "moi" recherche.

Je bois une deuxième gorgée de jus de légumes. Ma soif s'est aussitôt calmée, remplacée par une salive nauséabonde qui colle à mes gencives. Comme il continue toujours à parler, je me demande avec inquiétude si sa bière ne va pas tiédir.

— Mon "moi" a pratiquement renoncé. Alors, la fille qui se trouve à la table en face me fait un clin d'œil. On dirait à la fois une petite fille, une danseuse et une gymnaste.

Les deux personnes de la voiture, enfoncées dans leur siège, discutent. De temps en temps, l'homme se redresse, regarde la femme, et tous deux renversent la tête en arrière en riant. Je porte inconsciemment la canette à ma bouche.

— Elle pose son verre sur la table et, les deux paumes l'une sur l'autre, ouvre les mains d'un seul coup. Là, il y a un papillon.

— Un papillon ? me suis-je exclamée, gênée par ma langue râpeuse.

— Oui. Elle approche de l'oreille de mon "moi". Alors, j'entends. Les ailes vibrer légèrement.

— C'est ça le bruit que tu cherchais ?

Dans la voiture, ils s'embrassent. Derrière le pare-brise se balance une mascotte en feutrine.

— Non. Mais comme mon "moi" ne veut pas la rendre malheureuse, je crie Hourra ! et nous portons un toast au bruit.

Le jus de légumes, trop épais, m'a donné des aigreurs d'estomac. Il en restait encore la moitié dans la canette. Je l'ai vidée discrètement dans le caniveau en faisant attention que Mikoto ne s'en aperçoive pas. Il a la couleur du liquide gastrique. Ce que j'ai bu arrivera-t-il jusqu'au bébé ?

— Je vais te donner la revue dans laquelle ce poème est publié.

Il sort la revue de poèmes de la poche intérieure de sa veste. J'ai déjà vu cette couverture toute lisse, illustrée d'un dessin au pastel. Ses poèmes y ont déjà été publiés plusieurs fois.

— Je te remercie comme toujours.

Je l'ai glissee avec soin dans mon sac.

L'ombre des buildings s'allonge, traverse la rue en diagonale. Dans la voiture, après s'être embrassés, ils se sont remis à parler. Comment se fait-il que le spectacle de deux amoureux puisse être aussi doux, frais, naturel et inodore ? C'est pareil pour nous, vu de l'extérieur. Et mon intérieur impur ne se montre pas encore.

Il finit sa bière.

... Pourquoi sommes-nous différents ?...

... Alors qu'une goutte de ton fluide continue à proliférer en moi...

... Ça n'arrive pas jusqu'à toi ? Cette sensation dont on peut dire qu'elle n'est ni douleur, ni pression, ni démangeaison, ni même hallucination.

Une voix qui ne forme pas de mots sédimente au fond de ma poitrine. Notre canette vide à la main, nous sommes restés là si longtemps que le garde-fou s'est imprégné de la chaleur de nos corps.

J'ai traversé l'entrée plongée dans les ténèbres sans allumer la lumière et je suis montée à l'étage. La chambre était froide, comme recouverte d'une membrane transparente et glacée. J'ai commencé par allumer le poêle. Une petite boule de lumière a fait son apparition. Après m'y être réchauffé les doigts un moment, j'ai tendu la main vers le bouton. Une lueur tout à fait suffisante pour moi seule s'est répandue.

J'ai l'impression de m'être réveillée il y a un instant, et pourtant un autre jour vient de s'écouler. Le regard que je lance en direction du calendrier est légèrement décalé... Ce sera bientôt le sixième jour... Je m'assois sur le lit, sors la revue que Mikoto m'a donnée. Je la feuillette, tombe par hasard sur une page marquée par un papier. C'est là que commence *Noise*, son poème. Et le papier, c'est une photographie.

Une jeune femme mince, aux cheveux longs, se retourne. Elle a des yeux, un nez et une bouche beaucoup plus grands que les miens. Un papillon dans les mains. Les ailes se déploient symétriquement... Qui est-ce ?... Je ne sais pas. Je ne sais pas. Des lèvres couleur chair, sans rouge à lèvres, un front lisse sans aucune tache, des doigts souples... Pourquoi Mikoto l'a-t-il laissée là ?... Le brillant de son chemisier de soie moule la rondeur de sa poitrine. J'ai pratiquement oublié l'histoire du poème racontée par Mikoto. Les coudes pliés, serrés contre ses flancs, elle tend les mains vers moi... Tu as fait entendre les bruits de la ville à Mikoto ? Tu as soulevé la joie dans son cœur ?... Je tourne le bouton du poêle pour baisser la flamme qui est trop forte. Mon bras est lourd, comme engourdi. La peau de mes joues est tellement chaude qu'elle me fait mal, alors qu'à l'intérieur mon corps reste irrémédiablement froid. Je retire la photo. Les ailes tremblent. Du pollen jaune glisse et tombe. Les grains poisseux sautent hors du temps arrêté de la photographie pour tomber et s'accumuler en moi. Des cils tremblent à la surface des ailes au dessin minutieux. Les antennes frôlent ses paumes... Il t'a sans doute laissée là exprès... Toi. Je respire un grand coup. Le pollen descend lentement, par à-coups, le long de ma gorge. Et parvient au tube musculaire où le bébé est blotti... Il doit entendre mes bruits intérieurs. Des bruits insidieux, ininterrompus. Ce sont ces bruits que Mikoto recherche, tu sais... Elle n'a pas l'air de vouloir bouger. Seules les ailes du papillon tremblent régulièrement, comme la surface d'une mousseline ondoyante. Chaque fois, le pollen pénètre un peu plus... L'extrait de Mikoto continue à produire des bruits dans mon utérus... Le pollen qui s'entasse m'encombre. Mon tube musculaire se tord. Un peu de liquide gluant commence à avoir la fièvre en tentant d'en repousser la pression. La fraîcheur de mon corps s'évapore... Je vais faire entendre le vrai bruit à Mikoto, tu sais. Je vais faire danser son cœur... Les ressorts du lit grincent. J'avale de la salive pour arracher le pollen collé aux muqueuses. Mais moi je sais. Si, comme elle l'a fait, je prenais mes bruits intérieurs dans mes mains pour les approcher de son oreille, il pousserait certainement un petit soupir, baisserait les yeux, et secouerait la tête... C'est dommage, mais ce n'est pas la vraie réalité... Ensuite, je porte un toast avec elle. Je perds pied, courbe le dos. J'ondule comme un fœtus. Les ailes du papillon m'obstruent la vue. Des rayures noires et jaunes remplissent mes globes oculaires. Un vertige de colère vrille le fond de mes yeux... Tu veux dire que le bébé n'est pas une vraie réalité ? Tu dénies mon intérieur de la même manière que tu as ignoré ta chute du rocking-chair ?... Sur mon lit, j'ai frappé plusieurs fois mon bas-ventre en répétant cette question qui n'avait pas d'endroit où se poser.

Le premier week-end après la disparition de Sae, je suis allée lui rendre visite au *Nouveau Monde*. Il m'a semblé que c'était beaucoup plus loin par le train puis l'autobus, plutôt qu'en voiture avec Mikoto. J'ai acheté trois pommes chez le marchand de fruits proche de l'arrêt d'autobus, et j'ai gravi la côte menant à l'horloge fleurie dans le froissement du sac en papier. La sensation d'une présence étrangère en moi se faisait de plus en plus certaine. Je ne pouvais m'écarter un seul instant de sa respiration. Le parking était désert, on ne voyait que les marques blanches. Sur la droite face à l'entrée s'étendait un petit jardin potager au milieu duquel plusieurs vieillards étaient penchés. Ils portaient tous un survêtement de couleur sombre. A mes yeux, ils se ressemblaient alors qu'ils devaient être différents, d'apparence comme de sexe. La seule chose, c'est qu'ils étaient nettement séparés en deux groupes, l'un bavardant continuellement, l'autre demeurant silencieux. Leurs voix n'avaient ni inflexions, ni respiration, ni timbre, et je n'arrivais pas à discerner des mots. Mais, en les voyant s'adresser des hochements de tête, j'avais le sentiment qu'ils communiquaient entre eux. Le groupe qui ne parlait pas en était exclu et ne paraissait pas non plus tendre l'oreille à la conversation. Ils avaient entre les mains des pelles et des houes miniatures, qu'ils ne semblaient pas utiliser avec efficacité. En y regardant de plus près, il m'a semblé qu'il s'agissait plus d'un emplacement à terre meuble que d'un véritable jardin. Ils ne faisaient rien d'autre que remuer inlassablement la terre à leurs pieds.

Dans le hall, des vieillards étaient assis comme la dernière fois. Et, comme la dernière fois, les canapés étaient vides. Je me demandais pourquoi ils ne s'asseyaient pas dessus. Au *Nouveau Monde*, ils avaient leur propre logique. Là, j'étais une intruse.

Une vieille femme assise de manière traditionnelle face à la grande baie vitrée par où pénétrait le soleil, éblouie, les yeux plissés, s'est levée d'un coup comme si elle venait d'avoir une idée, et a commencé à enlever son survêtement. Ses gestes étaient rapides et sûrs. J'étais toujours sous le coup de la stupéfaction lorsqu'une infirmière est arrivée en courant.

— Madame Hiramatsu, c'est par là les toilettes.

Elle n'avait pas du tout l'air affolé. Elle avait dû répéter tellement de fois la même phrase. La vieille femme s'est retournée en entendant sa voix, a suspendu son geste. L'infirmière souriait. La vieille femme la regardait, bouche bée.

— Allez, si vous vous déshabillez ici, on va se moquer de vous.

A ces mots, la vieille femme a enfin réagi, et elle a remonté d'un air las le bas de son survêtement.

— Tout le monde a déjà pris son bain. Après, il ne reste plus que moi. L'eau est tiède ? C'est normal, vous savez. Je vais fendre des bûches.

L'infirmière hochait la tête en silence.

A la sortie de l'ascenseur, des portes identiques se succédaient de chaque côté du couloir. La chambre de Sae était la deuxième à partir du fond. Il régnait une pénombre incertaine dans cet espace sans fenêtres. Le claquement de mes talons se répercutait tout droit jusqu'au fond. Jusqu'à mon arrivée, je n'avais cessé de me soucier de l'état de Sae. Il n'y avait pas de raison pour qu'il se produise un changement radical, mais depuis qu'elle s'était écartée de ma vie elle avait peut-être consolidé de plus en plus la forteresse au sein de laquelle elle s'était retirée. Peut-être même avait-elle fini par m'oublier. Je devais être la seule personne qu'elle n'avait pas encore oubliée. Une porte s'est ouverte lentement, très lentement, comme si elle avait attendu mon passage. Un vieillard longiligne est apparu dans l'entrebâillement. Son pyjama était complètement détendu un peu partout. Ses mâchoires ressortaient. Il était pieds nus. Il suçait ses lèvres sans arrêt, comme s'il voulait dire quelque chose. Les rides bougeaient comme des vers sur son visage.

— Euh, qu'y a-t-il ?

Ma voix était rauque. L'expression du vieillard n'a pas pas changé. Au moment où j'allais continuer mon chemin, il a tendu son bras comme un bâton, a frôlé mon poignet. Le sac en papier qui contenait les pommes a émis une sorte de murmure. Il a aussitôt refermé la porte. Il me restait une sensation pulvérulente sur mon poignet. Toutes sortes de choses se produisaient au

*Nouveau Monde*. Personne ne pouvait dire ce qu'était la vraie réalité.

Sae dormait avec des ronflements sonores. Le lit d'à côté était toujours inoccupé. Son teint, ses cheveux, sa position pour dormir n'avaient pas changé. Seul son kimono de nuit m'était inconnu. La serviette posée sur le montant du lit était tachée de beige. J'ai posé une pomme près de la fenêtre, une autre à son chevet, la troisième sur l'étagère du lavabo. Sae aimait l'odeur des pommes. Elle avait perdu le goût, mais peut-être pas l'odorat. Des gémissements se mêlaient au souffle qui s'échappait de son nez. C'était signe qu'elle allait se réveiller. J'ai approché mon visage afin d'être la première personne qu'elle verrait à son réveil. Mais elle replongea dans le sommeil après une lourde palpitation des paupières et un léger déplacement de la tête.

... Finalement, tu es bien là... J'avais l'impression que l'oreiller était trop haut alors j'ai enlevé la serviette glissée entre lui et le drap. Elle a encore laissé échapper une respiration mêlée d'un gémissement... Après ton départ, tout a changé la maison et moi. Le lit, devenu ton repaire, n'était plus qu'un simple cadre de bois, et la petite pièce du fond est restée fermée. Le dieu que tu tentais de sauver doit être couvert de poussière... J'ai rapproché la chaise en acier qui se trouvait dans un coin de la chambre et je me suis assise... Après ton départ, je me suis retrouvée en suspens... Je n'arrivais plus à discerner la réalité... J'ai enlevé ma veste, l'ai accrochée au dos de la chaise. J'étais curieusement préoccupée par ma jupe qui m'engonçait au niveau de la taille. A l'intérieur, j'étais plus dense de jour en jour... Sae, je porte en moi une masse qui en réalité n'est pas moi. Elle grandit à la même vitesse que tu accumules les heures au *Nouveau Monde*... J'entends des pas dans le couloir.

— Tu te souviens, l'autre jour au café...

— Oui, et alors ?...

Deux jeunes infirmières bavardent derrière la porte... Si ça se trouve, maintenant tu aperçois peut-être l'endroit où est mon bébé. Je pense qu'il est tout près. De l'endroit où tu es. Petit à petit, tu as repoussé tout ce à quoi tu as cru pendant longtemps, la prière, le rire, l'appétit, la poitrine, les mots. Il me semble qu'il existe une mer lourde à l'endroit vers lequel tu remontes. Ta silhouette endormie ressemble de plus en plus à celle d'un fœtus... Je me demande comment, avant de tomber dans la démence sénile, Sae aurait regardé ce qu'il y a maintenant en moi. M'aurait-elle vue en même temps superposée à ma mère ? Et aurait-elle prié de longues heures durant ? Sans doute n'aurait-elle cessé d'implorer pour nous sauver, moi, elle et son dieu.

Tout en dormant, elle continuait à pointer ses lèvres comme elle en avait l'habitude. A la racine des cheveux, sa peau était violette, gorgée de sang. J'ai soulevé la couverture à ses pieds. Le bas des jambes et les chevilles étaient enflés. J'ai appuyé du bout du doigt, il s'est formé une légère dépression ovale qui s'est estompée lentement. La sensation était celle d'un ballon mal gonflé. Je savais que les extrémités du corps se boursouflent lorsque le cœur faiblit. J'ai déplacé doucement la couverture pour vérifier les poignets, mais on y voyait encore le relief des os. J'ai remis la couverture en place... Tu cherches encore à te débarrasser de quelque chose, hein ?...

Le couloir est soudain devenu bruyant. Sonnerie de l'ascenseur, bruits de pas multiples, glissement de roulettes d'un chariot, chocs, voix.

— Grand-mère, c'est l'heure de manger.

Un employé est entré avec un plateau en plastique. Je me suis levée, j'ai baissé la tête. Derrière lui arrivait le directeur.

— Vous étiez là ? Alors, comment la trouvez-vous ? Elle va bien, n'est-ce pas ? a-t-il dit en s'approchant du lit.

— On mange.

L'employé a posé sa main sur sa joue, l'a secouée. Sae a entrouvert les yeux en laissant échapper un cri perçant qui semblait jusqu'alors bloqué au fond de son nez. Il a posé le plateau sur la table. Trois bols en plastique identiques. A l'intérieur, que des gels, blanc, vert et beige.

— Je vous remercie de vous occuper d'elle.

J'ai encore une fois baissé la tête.

— Elle est très docile, vous savez. Et discrète avec ça. N'est-ce pas, monsieur ?

L'employé regardait le directeur.

— Oh oui. Quand on la fait manger, elle se confond en excuses et remerciements, a-t-il renchéri aimablement.

— Elle s'est rendu compte qu'on l'avait emmenée quelque part dans un endroit différent, n'est-ce pas ?

Sae n'était pas encore complètement sortie du sommeil. L'employé, pinçant ses lèvres entre le pouce et l'index, glissait la cuiller dans l'intervalle. Je procédais de la même manière pour la faire manger. Elle a avalé la bouchée en remuant uniquement les lèvres.

— Je vais le faire, ai-je dit en voulant lui prendre la cuiller des mains.

— Mais non, c'est mon travail. Allez plutôt déjeuner avec monsieur le directeur, a-t-il proposé en lui donnant une deuxième bouchée.

— Oui, venez.

Le directeur a enfoncé ses mains dans les poches de sa blouse blanche. Je n'avais aucune raison de refuser en dehors du fait que je n'avais pas faim.

— Bon alors allons-y.

J'ai quitté la chambre.

La salle à manger se trouvait au fond du hall au rez-de-chaussée. Des tables rondes étaient alignées à intervalles réguliers tandis que de l'autre côté de la baie vitrée s'étendait la pelouse du jardin. Il y régnait une odeur de féculent, comme dans les réfectoires. Mon appétit était toujours complètement bloqué. Plusieurs vieillards et employés étaient à table, mais ils étaient peu nombreux vu que c'était l'heure du déjeuner. Tout de suite à gauche en entrant, il y avait un long comptoir sur lequel se succédaient toutes sortes de plats. Croquettes, poisson cuit à la sauce de soja, salade, omelette...

— Je vous en prie, choisissez ce qui vous fait plaisir, a dit le directeur en prenant un plateau et en avançant le long du comptoir. Je n'ai pas pu faire autrement que le suivre et prendre les mêmes choses que lui. Nous nous sommes assis à une table près de la baie vitrée.

— Quand même, votre grand-mère est extraordinaire vous savez. Les seuls mots qu'elle n'a pas oubliés sont ceux qui lui servent à exprimer sa reconnaissance, a-t-il dit en me proposant la bouteille de sauce Worcester.

— Elle était si sévère...

Je n'ai mis qu'un tout petit peu de sauce sur la salade de chou.

— Quelle que soit sa faiblesse, l'être humain a toujours quelque chose qu'il ne peut pas oublier, vous savez. C'est ce qu'on pense quand on travaille ici.

Le rouge des sauges frémissait dans les massifs. De là aussi on voyait le jardin potager que j'avais découvert en gravissant la côte. Il n'y avait déjà plus personne et la terre noire, humide, débordait inconsidérément.

— Ça fait longtemps que vous êtes ici ? ai-je questionné en coupant un morceau de viande.

— Ça va faire cinq ans.

La manche de sa blouse blanche frôlait le bord de son assiette. La vieille femme assise à la table derrière lui s'est levée en faisant grincer sa chaise. Son plateau vide à la main, elle s'est avancée vers le comptoir.

— Toutes sortes de gens arrivent ici, mais personne ne m'a laissé une impression particulière. C'en est presque incroyable. A la toute fin, chacun ne garde que la partie la plus purement humaine, et le reste c'est du vide. Tous les éléments qui nous différencient des autres, que ce soit le sexe, la personnalité ou la position sociale, n'ont plus aucune signification. C'est pour cela que l'égalité qui règne au *Nouveau Monde* est absolument parfaite.

Il s'est remis à mastiquer. J'ai introduit un morceau de viande dans ma bouche. Je ne lui ai pas trouvé beaucoup de goût, j'avais l'odeur de graisse dans les narines. Après s'être débarrassée de son plateau, la vieille femme s'est dirigée vers la sortie, à petits pas pressés comme une souris. Arrivée à l'extrémité du comptoir, elle a pris un nouveau plateau, s'est mise à choisir des plats.

— Maintenant vous vivez seule ? m'a-t-il demandé.

— Oui, ai-je acquiescé, toujours préoccupée par la vieille femme. Après avoir posé sur son plateau le maximum qu'il pouvait contenir, elle est revenue à sa place en se faufilant entre les tables.

— La personne avec qui vous êtes venue la dernière fois, c'est votre fiancé ?

— Non, pas vraiment.

Je regardais au-delà de lui. Après avoir joint légèrement les mains, elle s'est mise à manger. Le mouvement de ses baguettes était au même rythme que ses pas, et il était difficile de croire qu'elle venait juste de finir de manger.

— Euh, il me semble qu'il y a quelque chose qui ne va pas.

J'ai déplacé mon regard vers lui.

— Que se passe-t-il ? a demandé le directeur en pressant sa serviette en papier sur sa bouche.

— La grand-mère…

J'ai regardé encore une fois par-dessus son épaule. Il s'est retourné. Et il a tout de suite compris la situation car il est allé vers elle.

— Grand-mère, vous venez tout juste de finir de déjeuner, n'est-ce pas ? Si vous mangez tout ça, vous allez vous rendre malade.

Il s'est penché pour lui jeter un coup d'œil. Les baguettes en suspens, elle ne respirait plus, comme si elle était tombée dans une parenthèse de temps. Ses yeux étaient pareils à ceux de Sae lorsque je l'avais questionnée à propos des cosmos qu'elle avait arrachés.

— Allez, débarrassez-moi tout ça.

Le directeur lui a mis le plateau dans les mains. Un employé qui se trouvait à la table d'à côté l'a aidée à se lever avant de l'emmener. Elle l'a suivi avec docilité.

— J'avais pourtant spécifié qu'on ne la laisse pas manger seule.

Il est revenu s'asseoir en s'excusant.

— Vous croyez qu'elle a oublié qu'elle venait de manger ?

— Sans doute. Peut-être aussi qu'elle n'a plus le contrôle de son appétit. Si on la laisse faire, c'est effrayant comme elle mange à l'infini.

C'était à se demander si au bout de cinq ans de travail dans cet endroit il ne lui arrivait pas de douter de sa normalité, lui qui mangeait si correctement. La distinction était claire entre ceux qui donnaient les soins et ceux qui les recevaient. Les gens normaux et ceux qui ne l'étaient pas. J'ai introduit un nouveau morceau de viande dans ma bouche. La viande me faisait toujours l'effet d'un bout de caoutchouc racorni.

Pourquoi ne puis-je me désolidariser de l'anormalité qui est en moi ? Pourquoi adhère-t-elle aussi lourdement à mon ventre ? Et puis Mikoto, distrait par le bruissement d'ailes du papillon, ne veut toujours pas regarder à l'intérieur de moi.

— Mais, où qu'il aille, l'homme est toujours l'homme. On ne peut rien faire d'autre que s'en occuper autant que possible. Le directeur avait son bol de salade à la main…

Il y a une anormalité en moi. Vous ne voulez pas vous en occuper ? Elle est de même nature qu'enlever son pantalon en plein milieu du hall, venir soudain toucher la main de quelqu'un que l'on ne connaît pas, ou encore oublier que l'on vient de manger et manger encore une fois. Vous ne voudriez pas vous occuper de moi en même temps que de ma grand-mère ?… J'ai avalé mon morceau de viande, en m'inclinant comme pour prier.

En rentrant du *Nouveau Monde*, je suis passée au grand magasin de la ville. Le rayon des jouets était envahi par des voix d'enfants et le bruit des jouets électroniques masquant tout d'un rideau sonore.

— Euh… Où se trouvent les spécimens ?

L'employé qui sortait des jeux d'un carton s'est retourné.

— Quoi ? m'a-t-il demandé en penchant la tête.

— Les spécimens. D'insectes ou autres…

— Ah, les spécimens ? Là-bas, a-t-il répondu en indiquant d'une main la direction tout en continuant son travail de l'autre. Seul cet endroit était calme comme l'œil d'un typhon.

— Je vous remercie… ai-je dit alors que mon corps se dirigeait déjà vers cet endroit. J'ai détaillé l'un après l'autre chacun des spécimens de papillons rangés en bon ordre dans leur boîte en verre. J'essayais de me souvenir de celui qu'elle avait dans les mains sur la photographie glissée entre les pages de *Noise*. Soyeux comme de la mousseline, des cils transparents, du pollen humide…

— Celui-ci, s'il vous plaît. Un seul.

J'appuyais l'extrémité de mon doigt sur la vitre.

— Huitième jour depuis que Sae n'est plus là, murmurai-je face au calendrier. La flamme dansait dans le poêle. Pendant huit jours, j'étais partie en recherche intérieure. J'en avais assez. J'enlevai ma veste, la jetai sur le lit. Chaque bruit, même le plus infime, était absorbé dans le tourbillon de vide de la maison. Je sentais la colère monter en moi, à en pleurer. Comme j'aurais été soulagée si seulement j'avais pu pleurer, justement, toutes les larmes de mon corps. Mais, maintenant, tout cela n'avait plus pour moi aucune signification. J'ai maintenu d'une main le coin du calendrier pour enlever de l'autre la feuille d'un coup sec. L'air s'est déchiré en même temps. Derrière, les chiffres se poursuivaient indéfiniment. Où donc s'arrêtaient-ils ? J'ai poussé un soupir avant de poser la feuille lisse et froide sur le lit. Ensuite, j'ai ouvert mon sac avec mes doigts gourds pour en sortir le papillon... Ah, c'était bien lui. Aucun doute. Je l'avais pris dans la main de cette femme. Soyeux comme de la mousseline, les cils transparents, le pollen humide... Je l'ai approché de mon oreille... J'entends. J'entends le bruit. Le bruit discret de la respiration de mon bébé entre les replis. Ce bruit qui petit à petit, chaque jour, inexorablement, se précise. Jusqu'où la température de ton corps va-t-elle augmenter ? Jusqu'où vas-tu ouvrir mon intérieur ? Alors que ce n'est même pas mon véritable moi... La fille de la photographie se retourne. Ses cheveux ondulent. La colère monte comme des contractions. Je referme brusquement la main. En un instant le papillon se transforme en poussière. Il reste une douleur lancinante. Les fragments tombés de ma main s'éparpillent sur le calendrier.

TABLE

Une parfaite chambre de malade...... 7

La Désagrégation du papillon............ 85

# BABEL

*Extrait du catalogue*

662. PAUL AUSTER et GÉRARD DE CORTANZE
La Solitude du labyrinthe

663. YOURI RYTKHÈOU
Unna

664. HUBERT NYSSEN
La Leçon d'apiculture

665. RUBEN GONZALEZ GALLEGO
Blanc sur noir

666. NINA BERBEROVA
Tchaïkovski

667. LAURENT GAUDÉ
La Mort du roi Tsongor

668. GUILLAUME LE TOUZE
Tu rêves encore

669. JOSÉ CARLOS SOMOZA
Clara et la pénombre

670. PAUL NIZON
Chien

671. VÉRONIQUE OLMI
Un si bel avenir

672. SYLVAIN ESTIBAL
Le Dernier Vol de Lancaster

673. BRIGITTE SMADJA
Des cœurs découpés

674. DON DELILLO
Cosmopolis

675. JEAN AMÉRY
Par-delà le crime et le châtiment

676. V. KHOURY-GHATA
Une maison au bord des larmes

677. VÉRONIQUE TADJO
L'Ombre d'Imana

678. NINA BERBEROVA
Le Cap des Tempêtes

679. JOHANNA SINISALO
Jamais avant le coucher du soleil

680. YOKO OGAWA
Le Musée du silence

681. ALFRED DÖBLIN
L'Empoisonnement

682. ALBERTO MANGUEL
Stevenson sous les palmiers

683. ALBERTO MANGUEL
Chez Borges

684. HENRY BAUCHAU
La Grande Muraille

685. JEAN-PAUL GOUX
La Commémoration

686. SIRI HUSTVEDT
Tout ce que j'aimais

687. NIKOLAJ FROBENIUS
Le Pornographe timide

688. FRANÇOISE MORVAN
Le Monde comme si

689. CHI LI
Triste vie

690. FRÉDÉRIC JACQUES TEMPLE
L'Enclos

691. INTERNATIONALE DE L'IMAGINAIRE N° 19
L'Europe de la culture

692. NAOMI KLEIN
Journal d'une combattante

693. GEORGE SAND
Nanon

694. FIONA CAPP
Surfer la nuit

695. CHRISTIAN GOUDINEAU
Le Voyage de Marcus

696. NORMAND CHAURETTE
Scènes d'enfants

697. VÉRONIQUE OVALDÉ
Les hommes en général
me plaisent beaucoup

698. OLIVIER PY
Paradis de tristesse

699. CLAUDE PUJADE RENAUD
Les Enfants des autres

700. FRANÇOISE LEFÈVRE
Le Petit Prince cannibale

701. PASCAL MORIN
L'Eau du bain

702. ORNELA VORPSI
Le pays où l'on ne meurt jamais

703. ETGAR KERET
Crise d'asthme

COÉDITION ACTES SUD – LEMÉAC

Ouvrage réalisé
par l'atelier graphique Actes Sud.
Achevé d'imprimer
en juillet 2011
par Normandie Roto Impression s.a.s.
61250 Lonrai
sur papier fabriqué à partir de bois provenant
de forêts gérées durablement (www.fsc.org)
pour le compte
d'ACTES SUD
Le Méjan
Place Nina-Berberova
13200 Arles.

Dépôt légal
1re édition : septembre 2005
N° impr. : 112789
*(Imprimé en France)*